吕梁英雄传

马 烽/西 戎 著

辽宁美术出版社

图书在版编目（CIP）数据

吕梁英雄传 / 马烽, 西戎著. — 沈阳 : 辽宁美术出版社,
2021.1
（爱国主义教育读本）
ISBN 978-7-5314-8856-9

Ⅰ.①吕… Ⅱ.①马…②西… Ⅲ.①长篇小说 – 中
国 – 当代 Ⅳ.①I247.5

中国版本图书馆CIP数据核字(2020)第230808号

出 版 者：辽宁美术出版社
地　　　址：沈阳市和平区民族北街29号 邮编：110001
发 行 者：辽宁美术出版社
印 刷 者：东莞市信誉印刷有限公司
开　　　本：787mm × 1092mm 1/16
印　　　张：10.5
字　　　数：210千字
出版时间：2021年1月第1版
印刷时间：2021年1月第1次印刷
责任编辑：梁晓蛟
装帧设计：王　芳
责任校对：郝　刚
书　　　号：ISBN 978-7-5314-8856-9
定　　　价：28.80 元

邮购部电话：024-83833008
E-mail：lnmscbs@163.com
http://www.lnmscbs.cn
图书如有印装质量问题请与出版部联系调换
出版部电话：024-23835227

传承红色基因，弘扬革命精神

习近平总书记指出，中国革命历史是最好的营养剂，多重温我们党领导人民进行革命的伟大历史，心中就会增添很多正能量。因此，总书记要求我们"把红色资源利用好、把红色传统发扬好、把红色基因传承好"。这是对我们开展红色文化教育和宣传工作的重要指示，青少年读者尤其需要从中国革命历史中汲取正能量，明德修身，正心立德。

那么，红色文化到底是什么？红色文化是中国共产党领导人民进行的革命和建设进程中形成发展的，以社会主义和共产主义为指向的，把马克思列宁主义与中国实际相结合，兼收并蓄古今中外的优秀文化成果而形成的文明总和。红色文化是在中国革命中形成、发展起来的，中国革命历程艰苦卓绝，无数革命先烈为了寻求民族解放、国家独立，进行了顽强不屈的漫长斗争，给今天的我们留下了光照千秋的红色文化。这些可歌可泣的英雄人物和惊天动地的感人故事蕴含着坚定执着的理想信念、艰苦奋斗的优良传统、不畏牺牲的奉献精神、血肉相连的党群关系、强烈真挚的家国情怀，这就是构成红色文化的宝贵的红色基因。

我们正处在一个"百年未有之大变局"的时代，中国正向中华民族伟大复兴的辉煌目标大步迈进，世界局势错综复杂、瞬息万变，千载难逢的机遇和前所未有的挑战相存并依。伟大的时代呼唤伟大的精神，伟大的精神推动伟大的事业。作为祖国未来的接班人，青少年要能够担当起建设伟大祖国、复兴中华民族的重担，需要回到红色文化中，从那些革命故事和英雄先烈身上汲取智慧，继承红色基因，发扬革命精神，树立远大志向，熔铸坚韧品格，培养博大胸襟，沉淀深邃思想，方能在时代的滚滚洪流中坚持自我、勇往直前，不走偏方向，不被浪头打翻，始终走在时代的前列。

因此，对于青少年读者来说，阅读红色经典作品，亲近红色文化是非常有必要的。其实，青少年或多或少都接触过一些红色文化，比如影视作品中的《地道战》《刘胡兰》，教材课文中的黄继光、邱少云，旅游景点中的井冈山、毛泽东故居等。为了满足青少年读者对阅读红色经典作品的需求，培养青少年的爱国热情和革命精神，我们精选了一些著名作家的代表作品，汇编成这套"爱国主义教育读本"系列。这些历久弥新、耳熟能详的经典作品，比如《闪闪的红星》《两个小八路》《小兵张嘎》《吕梁英雄传》等，许多年来备受人们的喜爱，书中所塑造的人物形象如潘冬子、张嘎等深入人心，影响了一代又一代读者。优秀的作品永远不会过时。今天再品读这些经典著作，我们仍然会沉醉于那些曲折惊险、激动人心的故事情节，那段激情悲壮、大气磅礴的革命岁月；折服于那些顶天立地、鲜活生动的英雄人物，那股烈火燃烧般的革命激情和爱国情感。本系列图书旨在让红色经典成为生活的陪伴，让革命精神成为内心的信仰，沉淀成爱党、爱国、爱民的力量。

如今，红色文化越来越引起人们的关注，社会上出现了一股"红色文化热"。这是一种很好的现象，表明人们已经越来越深刻认识到红色文化的重要意义。但是，亲近红色文化也要学会辨别真假，取舍优劣。那些歪曲历史、亵渎先烈、戏弄战争的糟粕要坚决抵制，而要多阅读《闪闪的红星》《两个小八路》这样宣扬伟大革命精神的经典作品，让红色真正成为我们内心的底色。

目/录
CONTENTS

鬼子作乱村遭难
维持会敲诈钱财

康家寨是吕梁山区桦林山脚下的一个村子。1942 年日本鬼子企图蚕食抗日根据地，康家寨没能幸免。一天，日本鬼子进村胡作非为，绑走康顺风等七人，地主康锡雪的二小子也在其中。敌人通过康顺风要求康锡雪出来当维持会的会长，康锡雪犹豫。

桦林山是吕梁山的一条支脉，山脚下有个百十来户人家的村子叫康家寨，与东南桃花庄、东北望春崖，恰好成为三角形。桦林山土地肥美，物产丰富，是个好地方。

抗日战争爆发后，八路军开来晋西北，建立起新政权。农民在农会领导下，减了租，抽了受剥削的欠债契约，光景慢慢好起来。村里的抗日自卫队也发展起来了。康家寨处在晋西北抗日根据地的边沿地带，离日本鬼子的据点有四五十里。到了1942年，敌人对我抗日根据地实行"蚕食政策"，妄图一点儿一点儿地把我抗日根据地吃掉。敌人正月里占了离康家寨三十里的水峪镇。消息传到康家寨，闹得人心惶惶，日夜不安。村干部商量了一下，每天派两个自卫队员，出去探听消息。连着探了两三天，回来都说敌人只是在水峪镇修炮台，连村都不出。村里人都安心了，就认

为："敌人就是占大城镇哩，咱这山沟小村，保险不来。"

转眼惊蛰①已过，节气不等人，家家都忙着下地干活，好像忘记有敌人，连个哨也不放了。到了二月间，敌人又占了和康家寨隔着一道梁、仅十里地的小集市汉家山。

一天清早，天刚蒙蒙亮，村里一个早起拾粪的人，一出村口，见沟里进来一支穿黄衣服的队伍，他心中一跳，扔下粪筐就往回跑，一边跑一边喊："敌人来了，快跑吧！"接着就听见村外响起了枪声。这下村中大乱，鸡飞狗跳，哭喊声连成一片，人们乱哄哄地逃向村西的桦林山。

村里的自卫队分队长雷石柱，今年二十三岁，猎户出身，爬山过岭如走平路，枪法更是高超，山猪野羊只要叫他看见，保管跑不了。有一身好本领的他，此时正害着打摆子病，趴在炕上起不来。听到满街人乱跑，他媳妇吴秀英背着他躲到山上。

逃出去的人，眼巴巴地挨到下午，忽然望见村子上空腾起一片黑烟，料想是敌人放火后走了，男人们这才赶忙跑回来救火。村里叫敌人糟蹋得不成样子了！十几间房子冒着红红的大火，满街是半截的死牛死猪。家家的锅盆瓦瓮打碎了好多，粮食衣服扔下一地……

村上没来得及跑脱的人，有六个被敌人杀害了。当时张忠老汉和他家三小子躲藏的地窖被敌人发现，敌人从上面扔下五六颗手榴弹，张老汉只觉得耳朵"嗡"的一声便昏过去了。等醒来才发现地窖里的其他人和他家三小子都死了。敌人临走，还捆走了康顺风等七个人。

康顺风三十来岁，旧政权时在村里当过闾长②，为人圆滑，见人说人

✿ 小讲坛 ①惊蛰：二十四节气之一，在3月5日、6日或7日。冬眠动物将四处活动。

②闾长：民国时期的地方行政官员，自上而下为县长、区长、村长、闾长、邻长，5邻为闾，设闾长一名，相当于现在的村民小组组长。

话，见鬼说鬼话，做事情都是见风转舵。新政权成立时，他伪装积极，又混到个村主任代表。这次他被敌人捉住，一张快嘴"爷爷""大人"地叫了一路，敌人连睬也没睬他，他心想：这回可不得活了。哪知一到汉家山据点，正碰上多年不见的表哥王怀当。这王怀当现在是伪联合村公所的村长，在日本人面前是数一数二的腿子，外号叫"二日本"。王怀当叫人给康顺风松了绑，把他引荐给了日本人。日军独眼窝翻译官请康顺风抽烟喝茶，向他探问村里的情形。康顺风受了日本人这番招待，感激得不知如何孝敬才好，当下把村里的真实情形，一五一十地讲了个清楚。听罢康顺风的讲述，独眼窝翻译官和王怀当要他回去转告地主康锡雪，只要他出来当维持会会长，就放他儿子回家。

　　鸡叫时分，康顺风回到村里，马上溜到远房哥哥康锡雪家通报情况。康锡雪五十上下，长得圆头圆脑，是村里的首富。旧政权时，他在衙门里做过师爷，又当过村长，颇有心计，算是这偏僻山村里见过世面的大人物。他有两个儿子，老大在晋绥军里当副官，做老子的在抗日政府面前，就以"抗日家属"自居。老二叫康佳碧，二十来岁，平日在家吃喝嫖赌抽洋烟，村里人都叫他"康家败"。这次鬼子进村，康锡雪家也未能幸免于难，家里的东西被打砸抢了不说，二小子也被抓走了。这回康顺风带回的消息是日本人要他出头露面当维持会①的会长。康锡雪低下头，两手摸着脑门儿，一句话也不说，心中翻来覆去地想：不干？儿子就回不来，财产就保不住……又想：要干，自己出头可做不得。万一日本人有个山高水低①站不住，那可就砸烂沙锅了。想到这儿，他笑着对康顺风说："虽说

❋ 小讲坛　①维持会：抗日战争时期，日本侵略者在所占领的地区利用汉奸建立的傀儡政权。

📘 微词典　①山高水低：意外发生的不幸事情（多指死亡）。

上头委了我，可我上年纪了，人老眼花，胳膊腿也硬了。哈！你出头，我给你当军师吧！"康顺风虽然狡猾，但到底比康锡雪少个心眼儿，本来又是个爱出头露面抖威风的人物，这下真是瞌睡给了个枕头，马上满口应承下来。康锡雪的老婆"小算盘"，是一个把钱看得磨盘大的财迷鬼，见康锡雪不愿当维持会会长，又不想让康顺风独享了这个肥差，忙对康顺风说："你一个人也忙不过来，叫你侄儿佳碧帮你的忙吧！"康顺风听了连忙说："那可好啦！我也正有这个心思。"康锡雪没吭气，心想："我不出头，先叫自己儿子帮助做点事，就是将来新政权知道了，罪过也不大。"于是就答应了。康顺风和康锡雪二人接着又合计了一番。

康顺风从康锡雪家出来，乘天还没大亮，摸到村西头井边，看看四下无人，急急忙忙把纸张贴在墙上，一溜烟跑回家中。清早人们去井边担水，发现告示，就围着议论开了。告示上写着限三日内维持，如置之不理，休怪无情。一个噙着烟袋的老汉，叹口气低声说："维持了就平安啦，反正谁坐了天下，也是一样纳粮。"揽工汉刘二则看了他一眼说："一样？一样就是两样，财主们能出起负担，咱穷人出不起呵！"另一个老汉说："要不维持，来了就杀，黄土埋到脖子上的人啦，临死再挨一刀子？"孟二楞为首的几个年轻人齐声反对道："人又不是泥胎，他来了还不会跑？腿又没借给别人。"

村上有被抓走儿子或丈夫的人家，听说康顺风放回来了，都来找他打听各自家人的情况，康顺风装出忧愁的样子说："唉，听说要往外国送哩！"一听说要往外国送，女人们首先哭起来了。众人就求康顺风快快给想办法。康顺风说："亲不亲一村人，我能不救吗？日本人不是贴了告示吗，只要咱们答应维持，不但人能放回来，全村也就安生了。"众人听了齐说："只要人能放回来，维持就维持吧！"

康顺风可高兴坏了，召集了村里的王臭子、康肉肉等五六个流氓地痞，在康家祠堂成立了维持会。但被抓去的人，只有"康家败"回来了，那几家人焦急地来找康顺风，康顺风说："说得倒容易，日本人又不是三岁小娃娃，答应个维持就能顶事儿？俗话说，钱到公事办，火到猪头烂。"人们这才知道是非钱没救了，只好含着泪，回去典地卖牛，筹钱赎人。周毛旦家原本光景就不好，这次儿子周丑孩被抓走，哪里来的五十块大洋赎人哪，只得卖了五坰（shǎng）①地，又把媳妇的一个银项圈凑上，这才交清赎款。

　　康顺风把钱收齐送到汉家山，捉去的人陆续回来了，只有村民代表辛在汉没回来。康顺风说："皇军说他是坚决抗日的，不放回来，我求告了半天也不抵事。"其实康顺风怕辛在汉回来跟他作对，故意不让日本人放回来。可怜辛老太太，五十多岁的寡妇，为赎儿子把牛也卖了，闹得人财两空，哭得死去活来。

✳ 小·讲坛　①坰：旧时计算土地面积的单位，各地不同。

催粮要款逼死人
二则夫妇得义葬

康顺风和流氓地痞组成的维持会成立了。他们负责给敌人催要粮款，压榨村民，威风无比。老实的佃农刘二则就是其中被压榨的一员。刘二则一家人的日子更加难过了……

维持会这伙人，整天就是在康家祠堂里肥吃海喝，纸烟不离嘴，见人就吼三喝四抖威风，催粮要款拉民夫，把家家搜刮得山穷水尽。

佃农刘二则是个老实人，租种着康锡雪家十五垧山地，去年秋里只打了六石（dàn）① 粮，这次敌人来抢了个干净，全家人就靠他掏炭过活。这天下午，他从炭窑上回来，一进村就被叫到康家祠堂维持会催交粮款。刘二则进屋，见坐着几个伪军②，连声求告道："唉！家里连吃的也没了，身上连一毛钱也掏不出来。好……好你老人家哩！再迟几天吧！"那伪军哼了一声："家里没饭吃？怎没把你饿死？真是三句好话不如一马棒！"众人一起求告说实在拿不出来，伪军只是诈唬着非马上要不行。康顺风估计人们也拿不出来，又想在村里人面前卖好，便笑嘻嘻地说道："我看限

※ 小·讲坛　①石：容量单位，1 石等于 10 斗。
　　　　　②伪军：抗日战争时期对汉奸军队的总称。

上两天吧！弟兄们跑腿了，你们一家给送上对鞋。"伪军们在康顺风的示意下就说："只准两天，两天没钱就要人。鞋折了钱吧。"

刘二则回到家，老婆又告诉他，康家败说还欠着他家一部分租子，说是一朝天子一路王法，租子要照旧规定交。正说着，门"砰"的一声被撞开，气汹汹拥进几个人来，领头的正是康家败。刘二则满脸赔笑说："啊，二少哇！快上炕来暖一暖！唔，租子我还能不给！唉，实在是没有哇！等明年……"康家败一只脚踏在炕沿上，用手在大腿上拍了一掌抢着说："倒等你一辈子哩！"一努嘴，"搜！"跟在后面的人就一窝蜂拥上去，翻箱倒柜乱搜乱找。搜了半天，没找到一粒粮食，康家败硬说刘二则把粮食藏了，眉毛一竖，叫人把掏炭的鸭嘴锄等工具，带走作抵押。刘二则老婆急了，拦在门口求告，康家败飞起一脚，把她踢倒在地，骂骂咧咧地，领着这帮人扬长而去。

天黑了，刘二则老婆仍在低声抽泣着，刘二则两手抱着头，一声不响地蹲在地上，心中又气、又恨、又愁、又怕，越想越伤心。他猛地把心一横，忽然站起，走到后墙根水瓮跟前，一头栽进水瓮里。他老婆吓慌了手脚，愣怔了半天，才想起把水瓮搬倒，可是人已经清水冲了肺，死了。他老婆抱着尸首号啕痛哭，口中数落着："你好狠心哪！丢下我们母子怎么活呀，呜呜……要死都死吧！"

刘二则老婆也不打算活了，拿了切菜刀，想先杀死炕上哭泣的儿子再自杀，摸着娃娃的头，心又一软，刀"当啷"一声，落在地上。夜更深了，她怀抱着熟睡的儿子，抓起一把剪子狠命向自己胸口戳去……

第二天康家败带着村警，拿着绳子，来到刘二则门上，见门反扣着，喊叫也没人应，就一脚踢开门冲了进去，往地上一看，吓得惊叫一声，拔腿就跑。村里人听说刘二则夫妇寻了死，都跑过来了。只见刘二则的小娃

娃抱着妈妈的尸首，满脸是血，嗓子也哭哑了。有的妇女见了，就"呜呜"地哭起来。人们议论纷纷，都知道这是被催租要款逼死的。几个和刘二则一块儿掏炭的工友，挥着拳头，呼喊着要和维持会的人讲理去，被一个白胡子老汉拦下。这老汉叫白文魁，家境殷实，是个老秀才，因在家排行第二，人称"二先生"。他为人正直，在村里能说几句公道话，又有点学问，村里人买地写约，说和调解，都请他当中人。他劝大家忍了，又提议凑点钱，安葬刘二则俩口子。那娃娃也被康大婶收养起来。人们当下凑了些钱，买下两副薄棺材，帮着把刘二则夫妇盛棺入殓，送到坟地葬埋了。

石柱家中谈抗日
老马组织暗民兵

村里的抗日自卫队分队长雷石柱在知道维持会这帮汉奸做的坏事后，病情加重了。这天晚上康明理和孟二楞来看望他。在他们谈话时，来了一个神秘人。这个人的到来对当前的局势会有什么影响呢？

雷石柱本来就病着，在山上又受了风，又听说维持会仗着有日伪撑腰，把整个村子闹得乌烟瘴气^①，病情加重，一连俩月出不了门。这天黑夜，他正坐在炕沿上抽闷烟，心中想着村里的事，说不出的焦愁。这时，门外一前一后进来两个人，是常来看望他的康明理和孟二楞。康明理白面皮圆盘脸，戴着一顶旧的学生帽，穿件白洋布对门衫子，蓝布裤子撒裤腿，在村里当过小学教员。孟二楞身子又粗又大，紫红的脸皮，大眼睛，粗眉毛，头上包一块粗布手巾，衣襟敞着，露出一片黑毛胸脯。雷石柱一见是他二人，忙招呼坐下，又叫老婆吴秀英到院门口去望风。孟二楞一只脚踏在锅台上，气呼呼地说："今天去汉家山修碉堡，又叫黄皮猴打了一

微词典　①乌烟瘴气：形容环境嘈杂、秩序混乱或社会黑暗。

009

哭丧棒，不是村里人紧拉住，我真要揍他两下！一命换一命算了！"康明理也说："这气真受不下去了！石柱哥，等你好了，我们一块儿去找八路军吧！"孟二楞握紧拳头，眼睁得圆溜溜地说："闹上杆枪回来，先揍死维持会长，再揍日本人！"雷石柱说："这事我思谋好久了，参加八路军是好，可是咱们走了，村里的事怎么办？"这话一下把他们俩给问住了。他接着小声说："咱们要是走了，不是正合了人家的心意啦？村里的事还不是任由这些汉奸乱搞！"康明理发愁地说："上级党的领导人一个也不在，咱们能闹得过人家？"孟二楞说："要是打架，维持会那一窝子鬼，也不够我一个人踢打的！"康明理说："这又不是打架的事！"雷石柱劝他们俩不要悲观。正说着，只见吴秀英慌慌张张地跑进来说："来了个人！"屋里的三个人不由得大吃一惊。

停了一刻，果然从门外进来一个腰插手枪的人。细细一看，认出是马区长，大家都高兴极了，赶紧把他让上炕。三人你一句我一句地把村里情

况讲了一遍。孟二楞让马区长快给想个办法，马区长说："今天我就是专程来和大家讨论这事的！"马区长说毛主席号召咱们组织民兵打敌人，具体办法是挑选村里精壮的青年，编成小组，暗地里和敌人斗争，慢慢壮大起来再反掉维持，成立公开民兵，武装保卫村子。三个人听了，身上仿佛有了一股子热劲。

马区长见大家很愉快地接受了组织暗民兵的任务，便跳下炕，放下三颗手榴弹，说："以后有问题，到靠山堡找我吧！"说完就要往外走，被康明理上前一把拉住说："康顺风叫我到维持会当书记，你看这事怎么办？"孟二楞一听，着了急："明理，这事你可不能干！要是我，不当面揍他一顿有鬼！"马区长想了一下，然后说："他既叫你干，我看你不妨就给他干。一来里头有了自己的耳目，二来也可以争取做瓦解工作。你们看怎样？"二楞听了马区长的意见，这才不吱声了。康明理却担心地说："我就怕群众骂我是汉奸！"老马说道："将来总有一天，群众会知道你给大家办的是好事！"几个人又对康明理说服了一番，他才答应下来。老马临出门，在雷石柱耳边又说了几句话，雷石柱点点头，他才离去。

麦里掺沙抗交粮
宣传抗日智斗争

汉家山的敌人强制村民修碉堡，坏事做尽。汉奸王怀当负责强收康家寨麦子两千斤，但雷石柱通知村民用康大婶的巧法子蒙混过关。这时村里来了一个打听雷石柱的货郎子①。他是敌人吗？贪婪的日本鬼子还强制要求村民交羊毛，有个人提出了应对的好主意。

说也怪，自那日马区长来过后，雷石柱的病很快就好了。

汉家山的敌人又派下差来，天天让人们去修碉堡。雷石柱找来孟二楞、康明理想对策，雷石柱主张发动群众和日本人磨洋工。孟二楞、康明理都赞成，三人马上暗地里分头去宣传。人心都一样，谁肯给敌人卖力呢？第二天去干活儿的人们，拿的是小放羊铲铲，活把子烂锹，秃头子坏镢。远远看去，手脚一刻也不停，就是出工不出力。雷石柱见了，心中暗自高兴。

到六月尽头，汉家山的碉堡修好了，一小队日军住在里边。一中队伪军住在村东头的大关帝庙里，联合村公所就设在西头一座楼院里。"二日本"王怀当仗势欺人，催粮要款，抓民夫。麦子刚收上场，康家寨一个村

※ 小讲坛　①货郎子：旧时民间在农村或城市小街僻巷里流动贩卖日用杂货的商贩，有的兼收购土特产品。

子就摊派下两千斤麦子，限三天内交清。人们被逼得唉声叹气："这样下去，穷人可没活路了！"雷石柱一时也想不出办法，心中气闷，顺步走进康大婶门里。只见康大婶正端着半簸箕土，慌慌张张地往麦子里掺。见进来人，吓得连忙拿口袋遮盖。看见是雷石柱，这才松了口气。雷石柱看看那掺上土凑数的麦子，觉得掺少了不抵事，掺多了一眼又能看出来。心里一动，想出个掺沙的法子。就是淡淡地熬些榆皮水，洒在麦子里，把细小的沙子和进去搅匀，再风干，这样，一颗麦子就能沾上好几粒沙子。沙子份量重，颜色也和麦子接近，不容易被看出来。康大婶听了，高兴地说："这可是个好谋算！"就急忙出门去找沙。雷石柱又把这办法告诉民兵们，民兵们又亲戚传亲戚，邻家告邻家，大家都照着办。人们把麦子交到维持会，康顺风一看，夸奖说："这回的粮交得可痛快哩，又快又好，连个皮皮圪渣也没有。"

雷石柱把摊派到自己家名下的五十斤麦子，掺上沙子刚装好，正准备给维持会送去。忽见康明理慌慌张张地跑进来，说是从水峪镇来了个货郎子，一进村就打听雷石柱住哪儿，可能不是好人。雷石柱听了大吃一惊，随后好像想起了什么，又细问了问那人的穿戴，随后把手一拍，高兴地拉着康明理就往街上走。刚到街上，就见一个头戴瓜壳帽，身背包袱，年纪在二十七八的汉子走过来。康明理给雷石柱使了个眼色，那人也一面往前走，一面打量雷石柱。雷石柱见四周无人，忙迎上去摸了摸脸，那人也摸了摸脸，两人对上了暗号。

三个人回到雷石柱家里，雷石柱把包袱接过来放到炕上，那人瞟了康明理一眼，雷石柱忙抢着说："他也是自己人。"那人才脱下鞋，取出一封折成三角的信，递给雷石柱说："这是老马同志写的组织介绍信。"原来，那人是上级派来的武工队长武得民。

武得民问了村里的一些情形，表扬了雷石柱他们的做法，便对康明理说："你到村里跑一趟，看谁家买东西，就说这里来了货郎子！"康明理应着，飞快地去了。

没过一阵，来了一大群人。半年多村里没来卖货的了，老武把包袱打开，里头有布匹、针线、颜料、火柴等，都是庄户人平常离不开的东西。人们把东西拿在手里摸摸，悲喜交加，高兴的是终于见到多日不见的日用品了，愁的是这年月哪有钱买呀。

二先生亲切地凑到老武跟前，抓住他的胳膊，斯文地说："真是久旱逢甘雨，咱中国总是有好心肠的人，难得你送货来。水峪镇这阵是怎么个样子？"老武眉头皱了一下，说："天下乌鸦一般黑，还不是一样。"大家都不知道苦日子何时到头，个个唉声叹气。二先生摇摇头，说："在劫的难逃！我看这也是黎民百姓的劫数，受够就完了！"老武看到这个情形，不慌不忙地说："要

活，总有办法。要是村村学赵家沟的办法，可就好了！"

　　赵家沟离这儿三十里地，人们都知道，就急着问赵家沟到底有个甚办法。老武不慌不忙地答道："今天本不该扯这些事，不过咱们是本乡本土的自家人，大家出去，千万不能乱说！"众人马上答应不说。老武接着说："赵家沟先前也是个维持村，可是全村人心齐，暗里偷偷和敌人干，闹得敌人也没法子。后来武工队去了，暗地组织民兵，力量一天天大起来，今年四月里就反掉维持。现在人家那村子，有民兵保护，敌人轻易不敢去。"

　　人们听了，心里好像有了点明路，可是又觉得不舒坦，周毛旦老汉埋怨地说："为甚我们抗日政府的武工队，就不来这里呢？"老武笑笑说："只要大家决心抗日，武工队会来帮助大家的。"雷石柱接上说："人怕齐心，虎怕成群。咱们要齐了心，也能闹成赵家沟那样。"

老武看看时间不早了，对大家说："你们要买啥，拿上先用，如今大家都困难，钱迟给几天也不要紧。"大家都感激地说："真是个好人！"当下你赊几尺布，她赊三根针，有的还托老武下次再来捎些盐。

老武正要出村，忽听身后有人追上来喊他，转身一看，是雷石柱。原来敌人又派下羊毛来，雷石柱追来向老武讨主意。老武认为最好拖延些时日，等反了维持，敌人就要不成了。雷石柱觉得硬抗是抗不住，老武手撑着下巴，沉思了片刻，告诉雷石柱用软办法，发动群众向敌人请愿。还说这阵子日本人假仁假义地到处卖好，这办法总有八九成把握。

雷石柱他们几个暗民兵一碰头，立刻沿门挨户，分头去发动。到了第二天，雷石柱、二先生、张忠老汉几个人领头，带着人们一窝蜂似的进汉家山请愿去了。

康顺风听说村里人去汉家山请愿，十分恼火，骑了头小叫驴就追往汉家山。刚一到，就见村西头楼院门口，黑压压地站满一场子人，猪头小队长眉眼恼怒地站在台队上盯着人们。他心中暗喜道："哼！你们请愿？日本人有甜的叫你们吃哩！"他想在日本人面前露露自己的手段，于是跑到台阶跟前，大骂人们坏了良心，不识好歹。康顺风摇头晃脑，得意地说着，觉得日本人一定会夸奖他办事好，不料，猪头小队长从台阶上跑下来，伸手"啪"的给他吃了个耳光。喊道："你的，大大的坏，不会照顾良民的，皇军大大的爱民如子的，维持的坏，大家回去的，羊毛迟迟交的！"众人一听，都狠狠地瞪了康顺风一眼，相随着回去了。

康顺风摸着火辣辣的脸，心里气，嘴里又不敢哼，只好肚里说："坏事都推到维持会身上！三天交羊毛，是你下的命令，这会儿又在老百姓面前卖乖哩！"等群众散了，猪头小队长笑眯眯地走过来，拍着康顺风的肩，夸奖了他两句。康顺风马上又得意起来，心想：哼！还是我吃得开！

请愿回来的路上，人们没有不高兴的。雷石柱与康明理又给大家解释，这就是敌人的"怀柔政策"。人们说："谁还不知道日本人那鬼把戏？故意在咱们跟前卖好哩！"

武得民公开身份
村民欢喜认恩人

卖东西的货郎子是武工队长武得民，在村里悄悄进行工作。这一天，他和雷石柱商量公开自己武工队队长身份的事。村民们知道武得民的身份后，会有什么样的反应呢？

转眼已是五黄六月。一天，远处响起一连串的雷声，天上的黑云从南山头上涌过来，眼看就有一场大雨。雷石柱正坐在炕上吸烟，听到院里一阵急促的脚步声，抬头一看，只见老武背着个布袋，满头大汗地进来。老武放下布袋，一面擦汗，一面说道："跑得把人累死了，背着二十多斤盐，只怕着了雨！"正说着，院里已是一片风雨声，雨滴敲在金瓜的叶子上，发出很大的声音。

雷石柱很过意不去，说："那天人们说了句要盐，你就这么远把盐给送来，真是辛苦啦！"老武说："为群众服务就要实心实意，可不能说空话！"

老武和雷石柱坐在炕上，谈起目前要做的工作。最后老武告诉雷石柱，基本群众已经起来了，可以公开他的身份了。雷石柱一听，高兴地说："唉呀，我早就盼有这一天哩，村里人知道了你就是八路军的干部，

一定高兴!"说着望望窗外,见雨停了,便跳下炕去叫人。

村里人听说老武背盐来了,都高兴地跑来雷石柱家看老武。人们听说老武还认识八路军,都嘈吵开了,有的说:"为甚不引来一个领导咱?"有的就抱怨起来了:"八路军为啥光在别处领导抗日,咱们愿抗日,却不来个人领导一下?"这时,雷石柱提高嗓子说:"八路军早来了,可是也没个人理!"众人听了急问:"在哪里呀?快说!"雷石柱不慌不忙地指着老武说:"你们当他真是货郎子?他是武工队的武得民同志!"众人一听,兴奋地一下把老武拥在当中,二先生拉着老武激动地说:"呃,我可真是有眼不识泰山哪!"张忠老汉从人堆里挤进来,抓住老武的手,含着两眶热泪说:"这回可不准你走了,就住到我们村里领导我们吧!"康大婶几个老太婆,喜得嘴里不住地念着:"阿弥陀佛!天天都盼八路军,原来八路军就在眼前,这可有靠啦!"正说间,孟二楞从张忠老汉背后使劲儿地挤过来,大声说:"武同志,领导咱干起来吧!咱大伙儿先把维持会这些灰孙子们收拾了!"

雷石柱见大家嚷的声音挺大,担心外面有人听见,忙叫小点声,可他的话人们好像没有听见一样。有几个老年人,一边抽烟,一边用责备的口气说:"年轻人做事没分寸,可做不得呀!"说着,一齐拥到老武跟前说:"武同志,还是要靠八路军哩!你给毛主席捎句话,叫多调些人马来,把这些瘟神们铲除干净!"雷石柱叫道:"你们倒忘了从前老武给我们讲的赵家沟的办法啦?"马上,又有几个人附和着说:"对!赵家沟那办法就不错!"随后,你一言,他一语,这个还没说完,另一个又接上去,有的高嚷,有的附和,满屋子嚷得听不清一句话。老武看到这般情景,心中暗喜。这时,雷石柱把手一拍,说道:"大家都别嚷啦,还是听武同志说吧!"顿时没有了半点声音,都眼巴巴地望着老武的脸。

老武举起手来，微笑着说："大家的话都对，大家都决心抗日，就是一条活路！咱们八路军一定能来这里打敌人。不过大家要明白，和敌人斗争是长期的，八路军担任全边区的战斗任务，武工队也要经常到敌人屁股后面去活动，并且组织那里的老百姓和敌人干，不能在一个村子里长住。要把敌人挤走，保护自己免受敌人的伤害，还要靠大家团结起来干！"有的人就着急地问："武同志，你说队伍不能长住，那我们这手无寸铁的老百姓，能干出什么来呢？"老武马上结合赵家沟的经验，把毛主席挤敌人的办法，讲了个一清二楚。

康明理通风报信
王臭子脑袋搬家

康明理得知了情报员王臭子要向敌人报告武得民的真实身份，他急忙来告诉雷石柱等人，刚好武得民和孟二楞也在。老武机智地想出了一个好主意，让康明理去实行计划，最后巧妙地化解了危机，解决了一个麻烦……

康明理来找雷石柱。雷石柱见他脸上惊慌的样子，知道出了事。康明理劈头便说："哎呀，坏了！情报员王臭子知道了武同志是武工队的，要去报告给敌人哩！"雷石柱惊得倒抽了一口凉气，问道："这事维持会其他人知不知道？"康明理喘了一口气说："王臭子那家伙，想到敌人那儿独得功赏，谁都没告诉。"雷石柱这才松了口气，拉着康明理进屋去找武得民。

原来，今天早上，康明理一进祠堂院，就听见康家败和王臭子在屋里高喉咙粗嗓门儿地争吵，他便悄悄站在门外偷听。两人在屋里一递一句，一声比一声高，接着就听见桌椅板凳"砰砰"的响了一阵儿，康家败跌跌撞撞地跑出来，头也不回地跑了。随后，王臭子提着一只三条腿圆凳，气势汹汹地追到门口，擦着鼻血，跺脚大骂。

康明理过去问王臭子："这是为了什么事动武?"王臭子一肚子气正没处说,见康明理问,便说道:"为了啥?他凭组长欺压人!我想了个找点野食的办法告诉他,谁知康家败这狗养的倒把钱取来独吞了!凭你康家败能办了个啥?你还当情报组长哩!村里有人要造反了,你知道个屁!"康明理听到话里有话,急问道:"村里谁要造反了?"王臭子一把拉住康明理说:"走!到我家去,我正要请你帮忙办这件事,得了赏总有你的一份。"

王臭子是个光棍。到门口开了锁子,把康明理让到屋里。躺到炕上,摆开洋烟家具,烧了个大烟泡,按在烟枪上,递过去请康明理抽,康明理连忙说:"哎哟!我可不会这一套,我连旱烟也不会抽。"王臭子便独自躺在炕上"吧嗒吧嗒"地抽起来。康明理故意恭维他说:"康家败当情报组长凭甚?他连你的脚后跟也拾不上!"王臭子抽了两口烟精神大了,听康明理这一说,高兴得两眼放光,一骨碌爬起来说:"咱俩也不是外人,就实话对你说吧。你知道常来村里卖货的那个姓武的是谁?嗨,那就是八路军的武工队!"康明理听了暗吃一惊,却装作不在意地问道:"你怎么调查出来的?恐怕不是吧!"王臭子把帽子往后脑勺上一推,说:"他要不是武工队,你把我的头割了!那人是水峪镇人,以前我在水峪镇见过他。他叫武得民,日本人没来以前就参加了八路军。"康明理问道:"你怎么知道的?"王臭子说:"前一回我去水峪镇,碰见那里的密谍组长,他告诉我的。"停了一下又说:"这事没第二个人知道,日本人说抓住一个武工队赏五百元。你看我大字不识,就帮我写个情报吧!得了赏不亏你。"康明理想了一想,忙说:"你这里纸墨笔砚什么也没有,等晚上我带来写吧!不过你千万别再向第三个人说,要是有人抢了头功,可就没咱们的份了!"王臭子说:"这事我心里有数哩!保证走不了风声。"康明理又说了几句奉承话,便出来,急急忙忙来找雷石柱。

进了屋,老武和孟二楞还在等着。孟二楞没等康明理说完就嚷着要去

收拾了王臭子。老武摇了摇头没说话，只是眉头越锁越紧，用手撑着下巴思谋。屋里静了一阵，老武把手猛地一甩，说："我看这样吧！"

康明理从雷石柱家出来，就直奔康家败家而去。康明理见了康家败，小声对他说："可出了大乱子了！王臭子要报告八路军，说你是汉奸！"康家败冷笑了一声，说："我是汉奸！那他给皇军当情报员，又算什么？"康明理道："他明里是皇军的情报员，暗里可是八路军的坐探①……"康家败问："你怎么晓得？"康明理道："昨天晚上他多喝了几盅，吐了几句真言。"康明理见康家败还有几分疑惑，就从怀里掏出一张纸来，递给他。康家败展开一看，见是抗日区政府的通行证，证明王臭子是区武工队侦察员，后边盖着区政府的大印。原来老武随身带着几张空白的通行证，这是刚刚填写上的。康明理见康家败不住嘴地说"好哇！好哇"！就接着说："要报告皇军就快去吧！迟了就落到他圈套里了。这是有凭有据的事，一定要叫皇军把他弄死，不然放虎归山，咱们就吃不倒啦！咱们姓康的江山，还能叫他外姓称霸？"康家败说："不怕，叫他归天吧！"说完，骑了一匹牲口就奔到汉家山。

下午，王臭子一出门就碰上汉家山来的两个伪军，说皇军有请。王臭子想，准是发特务费。便整了一下衣帽，兴冲冲地跟着来人，一气赶到汉家山。

刚进了猪头小队长的房子，劈头就挨了一马鞭，王臭子被打得辣辣的痛。猪头小队长用力拍着桌案，喝道："你的通匪，良心大大的坏了。"这等风险，王臭子还是头一次遇到。越是着急地分辩，越是变腔变调，结结巴巴地说了半天，也没说清楚。猪头小队长向门外一喝，进来四个提枪的日本兵，把王臭子拖猪般拖了出来，推到当院杀了。

微词典 ①坐探：专在某处探听消息、搜集情报的人。

查户口老武遇险
康大婶巧妙掩护

汉家山的鬼子怀疑康家寨里还藏有"匪军"，便命令伪军带着人马去康家寨清查。而老武碰巧到村里开会，商量成立对付敌人的自卫队。幸运的是，这一次老武逃过了一劫。康大婶和张忠老汉可是功臣哪！

汉家山据点的敌人杀了王臭子以后，疑心康家寨仍有"匪军"暗藏，便又命令伪军中队长邱得世，带着一小队人马来到康家寨清查户口。

维持会一见汉家山有人马前来，立时手忙脚乱，张罗欢迎。康顺风到村口把邱得世接进康家祠堂，一面喊叫温酒炒菜，一面奴颜十足地走上前说道："队长路上辛苦啦！"邱得世没好气地说："还不都是你们害的！"康顺风见他面色难看，想必是犯了烟瘾，就打发康家败赶紧拿来佛手烟枪太谷灯。康家败把大烟泡烧好，装在葫芦上，送过去，邱得世躺在床上，眼都不睁一下，衔住便抽起来，一气吸完，嘴里却不冒一口烟。一连抽了四五个泡子，才懒洋洋地把眼皮掀开，问村里的情形。康顺风赶紧赔笑说道："这几天，村里还安静，嘿嘿，还安静！"话音刚落，脸上"啪"的挨了个耳光。邱得世厉声喝道："少给老子打这份官腔！老子为什么跑这趟？走，马上叫人领着查户口！要是查出坏人，就连你一块儿带回去！"

老武这天碰巧也来了康家寨，几个人在村东头开会，商量对付敌人成立自卫队的事。老武认为，自卫队按年龄强迫编制，谁也躲不下，那就要想尽一切办法，让自卫队最终成为自己的自卫队。几个人正说着，听见狗叫，张忠老汉便出来探消息。康顺风见他迎头走来，推说要给邱队长备饭，让他领着查户口。张忠老汉心怦怦地跳起来，可又走不脱，只好领着从村西头查起。老武他们等了一会儿不见老汉回来，却听见村里的狗愈叫愈凶，知道不妙。正想出去看看，门外武二娃跑进来着急地说："汉家山的伪军来查户口，已经把村子包围了！"老武大吃一惊，开门就往外冲。

跑到村口，见前面背向他站着一个伪军，他赶紧向侧面溜过去，刚走没几步，就听见后面大喊道："站住！"老武扭头一看，见有几个伪军已追上来。他怕开枪会给村里群众惹下麻烦，便不顾一切地往前跑。转了几个弯，看到村里到处都有伪军把守，便避开敌人的眼睛，闯进一家大门里。这正好就是康大婶家。老武一见康大婶，从裤腰带上抽出一把手枪来，让她赶快找个藏身之处。康大婶急忙把枪塞进炉子下面的灰窑里，几个伪军就已出现在门口。康大婶愣了一下，顺手抓起一把扫炕笤帚向老武打去，连哭带骂道："家里水没水，柴没柴，有老有小，你撂下就不管！"几个伪军在门外听着，一个个摸不着头脑，其中一个跳进家来，问老武是什么人。康大婶上去一把拉住伪军的胳臂，哭诉道："我有这么个儿，和没有一样，整天飞得不在家。要有个人能给我管教管教，真是行好积德啦！"说得伪军都愣在那儿。老武乘机蹲在地上，低着头不吭气。

正在这时，张忠老汉领着邱得世已查到此处。老汉见门口堵着几个伪军，猜定不妙，便在院里故意大声叫道："哎！他大婶，家里没外人吧，邱队长来查户口啦！"康大婶应了声："没外人，来吧！"老汉进门看老

武，正不知说什么好。康大婶指着老武骂道："从今天起，你不是我儿，我不是你妈，没你，我也少受点气！"说罢，一屁股坐在地上，呼呼地长出气。张忠老汉一听就会意了，指着老武告诉邱得世，老武是康大婶的儿子。邱得世上去把老武检查了一顿，见身上没有什么特别痕迹，便向门外努努嘴，走了。

老武伸手摸了一把头上的冷汗，感激地说："大婶，我这条命要不是你，今天就没了！"康大婶并没有理老武，拐着一双小脚，到院门口瞧了几眼，弯回来从灰窖里抽出手枪，递给老武让他设法逃走。老武在雷石柱的帮助下，藏到一个放柴草的破窑里躲过了危险。

真真假假自卫队
处死密谍假当真

老武和雷石柱他们商量着应对维持会组自卫队的事情。有一天，当孟二楞站岗时，他发现村里进来了一个可疑的人。这个人来做什么？孟二楞他们是怎么处置这个人的？

老武在小窑洞里坐着，天渐渐黑了，太阳落了山，窑洞里昏暗下来。老武一则因为心中有事，二则腹中饥饿，身上感到困乏，脑子里乱得好像丝团一般。他想到自己人熟地熟，一年来常在据点周围活动，向来没有什么差错，不料今天却闹出这样大的乱子，这也是日子久了，就有点轻敌了！要是弄得引起敌人注意，以后就更不好行动了⋯⋯这时小洞里更加黑暗了，老武更觉得浑身困乏，便又钻进小洞里，躺在草上，脑子里胡乱想着，就睡着了。

不知过了多久，正在醋睡的时候，老武朦朦胧胧地听见窑洞门开了。他顺草缝一看，只见门外进来三条黑影，有个人低声喊："武同志！武同志！"老武听清是张忠老汉的声音，赶快钻出来一看，原来另外两个人影是雷石柱和孟二楞。老武忙问村里的情形，张忠老汉便把伪军在村里清查的情形仔细说了一遍。雷石柱接着说："那些狗日的没有查出什么来，很生气，临走给维持会下令，限三天，叫维持会把护村自卫队闹好，赶快放哨，每天黑夜还要向维持会做口头报告。"孟二楞也插进来说："他要叫我放哨，我就不放！"老武听着没说话，掏出烟袋连着抽了两袋，才说："咱们今天上午不是讨论过啦？我看就只有那一条路。既然是按年龄强迫编制，恐怕是谁也躲不了……"停了一刻，老武继续说，"不过咱们不能让自卫队成了敌人的，一定要想各种办法，叫自卫队不起作用，同时还要瞅机会搞敌人，把人都拉过来，变成我们的自卫队，打垮敌人的诡计。"众人都点点头，就又蹲在一块儿商量具体的办法，很久才散了。

过了几天，参加了自卫队的人便在街巷嚷开了。有的说："自卫队是送命队，村里出了事，还不是自卫队先挨揍！"维持会叫自卫队去放哨，不是叫不到人，便是推到前半晌去哨位上转一下就跑了。到黑夜，到维持会瞎编造上几句："没有事。""没情况。"就算把一天混过去了。康顺风看到这情形，心里也有点忧愁，不过他这样宽慰着自己："反正日本人再来，我是可以应付过去了。"

这样过了两三个月。到十月初，有一天，恰巧孟二楞被维持会强迫放哨，村外进来了一个人。那人穿一身黑衣裳，背一个小包袱，一副商人打扮，大摇大摆地进来。孟二楞一见，立时心上一阵火起："哈！这不是汉家山常见的那个大汉奸吗？今天可有机会出口气了。"他上去挡住那人，大叫一声："哪里来的？"那人吃一惊，站住脚，把孟二楞斜瞟一眼，爱理不理地又要往前走。孟二楞心上一气，火早已冒起来，跑上去没客气，举手就是一拳打去。那人踉跄倒退几步，脸色一变，也张牙舞爪[1]地要打孟二楞。刚举起手，就叫孟二楞上前一把抓住，用力向后一扭，那人就地

微词典　①张牙舞爪：形容猖狂凶恶的样子。

转了个圈，胳膊便朝了后。孟二楞提起蒜钵似的拳头，照头照背，就是一顿饱打。那人正在地上挣扎叫喊，忽然远远地跑来一人说道："二楞你干什么？"孟二楞停住一看，见是雷石柱跑来，便放脱那人，气喘吁吁地说："你问他吧！"那人从地上爬了起来，浑身是土，又挣扎着去打孟二楞，被雷石柱拦住。雷石柱一看，突然也吃了一惊。原来被打的，正是在汉家山修碉堡时常见的那个汉奸。雷石柱呆了一下，想起从前修碉堡时，就有这家伙监工，每天打人，武老汉就是被他捆到树上让洋狗咬死的!想起这些，雷石柱心里说不来地愤恨，心想：老虎下了山，你这狗养的今天可算落到老子手里了！他上去盘问了几句，便要在那人身上搜查。那人叫道："不要误会，是自己人嘛!"雷石柱说："看你这人！我们是奉了上边的命令的，谁都一样。嘴是两张皮，说话没根据，你说你是自己人，没凭没据谁知道。要是放走了八路军，我们可负不起责任来，非搜不行!"那人看看无法，只好伸起两臂让孟二楞他

们搜。这时正是初冬天气，天气冷了起来。雷石柱他们却故意里里外外搜了好几遍，足有一顿饭工夫，才让那人把衣裳穿好，又去搜包袱。突然从包袱里搜出一个皮包，打开一看，里边是一张假造的根据地路条。那人见搜出了路条，又上来说道："不要误会，是自己人，我是汉家山警备队的！"可是雷石柱装出很认真的样子，猜定他又到根据地做特务工作了，便吩咐孟二楞说："看他一定是个八路军，捆起来送据点！"两个人押着那人，绕村边往汉家山送去。

雷石柱没有猜错，这家伙正是汉家山敌人的密谍，专门调查情报，暗杀抗日军民。这天，他正是奉了日本人的命令，伪造了一张假路条，到内地区搞情报工作。叫孟二楞他们扣住，那家伙心里真是火透了，一路上话也不说，仿佛只等到据点见了日本人，再出这口气。

这时天色已快黑了。走到石崖湾的时候，雷石柱心想：狗汉奸，想往哪里送？推下崖砸死算了！就向孟二楞示意，二楞会意。正好这时走到一个窄道上，孟二楞在那家伙的身后用力一推，只听见"扑通"一声，那家伙便摔死在沟里了。两个人便悄悄回去了。

敌人计划修铁路
众人夜谈保桦林

桦林山上十几个日本鬼子对着桦林山的树木指手画脚。雷石柱和老武都得知了日本鬼子要砍桦林山的树木去修筑铁路，把汉家山的煤运走。他们必须采取行动阻止鬼子的计划！

当天晚上，雷石柱一想，不对劲！要是汉家山敌人看见了尸首，这事就麻烦了。于是第二天天不亮就起来了，叫上孟二楞，又跑到石崖湾，刨了个坑，把那家伙的尸首埋了。他们返回来时，太阳已经出来了。雷石柱他们正走着，忽然看见桦林山最高顶上，站着十来个日本人，指手画脚不知在干什么，两人急急地走回村里来。

原来日本人计划修一条轻便的铁路，从这里通到汉家山，再通到水峪镇。汉家山是一个出煤的地方，日本人计划把这里的煤运到别处去。筑铁路要用枕木，他们打听到桦林山上有好多树林，便一心要来抢夺这些木料。

这天，十几个日本人骑着大洋马，保护着木厂工程师，来到桦林山上，察看这片树林。那个木厂工程师四十多岁，身子不大，长得却很胖，肉头肉脑的。他站到一块儿大石头上，眯着小眼睛，拿着望远镜，朝四面望。只见那又高又粗的树木像一把一把的大伞，交叉错落的干树枝在微风中"哗啦哗啦"作响，真是好枕木材料！工程师看着，心满意足[1]地笑了，摸着胡子，咧开嘴，露出镶嵌的金门牙，十几个日本人也都高兴地笑了。看完，他们又照了四五张照片，便骑着马来到康家寨。

嗒嗒的马蹄声在碎石路上响着。听到这声音，全村人的心都收紧了。家家户户急忙关了大门。男人们偷偷地向外瞧。妇女们抱着娃娃，到处躲藏。街上鸦雀无声。

日本人一直到了维持会，康顺风和狗腿们打躬作揖地将他们迎接进去。那个工程师拿着黑黝黝的文明棍，敲着康顺风的肩膀说："这里树木

微词典　①心满意足：非常满足。形容心中非常满意。

大大的好，皇军要统统的砍掉，筑铁路的。"康顺风恭恭敬敬地答应着："是的！是的!"工程师又叫康顺风五天以内准备好 10 把大锯、30 把大斧，说完歇了一阵，便和十几个鬼子骑上马走了。

雷石柱和孟二楞回到家里刚吃罢早饭，就听到外面有人说：十几个日本人骑着洋马，进了维持会。雷石柱知道一定有什么事发生了。他一听说日本人都走了，就急忙跑到维持会去打听。过了一会儿，皱着眉头走了出来，心上像压了一块大石，说不出的烦愁。雷石柱悄悄走回家中，心中却在想：这桦树林是全村的命根子，砍了它，穷人们可怎样活呀？筑起铁路来，可就更坏了！他越想越闷气，便要去找老武商量。于是决心到靠山堡去。

这时天空阴沉沉的，飘洒着零零碎碎的雪花。刚一出门，恰巧老武来了。一把把老武拉回家中来，雷石柱忙说："我正要到靠山堡找你去哩！唉，桦林山……"老武抢着说："都知道了，昨天在区上就接到了情报。我今天就是来商讨这件事的。"两个人坐到炕上，老武抽了两袋烟，说道："问题很严重！要是日本人砍了桦林山的木料把铁路修起来，不单这地方受害，整个根据地也要受威胁！现在只有硬干，先把维持会反掉就好办了。"雷

石柱说："我也是这样想，就是不知道村里人是什么想法。"

老武说道："村里人吵翻天了！敌人的粮款逼得紧，家家愁得没办法，都说这是逼着人死呀！你想，这时候反维持，不是最好的机会吗？你算算咱们的力量。护村自卫队的人大部分都向着咱们，只有康肉肉那几个二流子是跟着康家败跑。周毛旦、张忠老汉这些人，不用说，都愿意抗日，虽然多是些老婆婆老汉汉，可他们都是每家的主事人，反维持更是坚决。二先生是个小地主，不过在抗日这一点上，和我们还能合作，因为日本人对他没利。"老武压着指头，滔滔不绝^①地说着。老武抽了一袋烟，又说："村里几家富农，像李德泰、王有仁，虽然是胆小鬼，可是维持对他们也没利，早就不愿意了。特别是今天听到日本人要往汉家山筑铁路，他们更愁坏了。你知道，汉家山煤窑还有他们两家的股子哩！"

雷石柱听着，心都是热烘烘的了，拉着老武的手说："呀！武同志，你是外地人，比我这本村人知道得还详细，这是怎么搞的？"老武笑了笑，说："没别的办法，调查研究嘛！不闹清情况，就不好办事情。"雷石柱听着不住地点头。老武把脸上的笑容一收，说道："一个共产党员对周围的情况，随时都应当了解。毛主席说：'没有调查就没有发言权！'不了解情况，就没法展开工作！"雷石柱嘴里没说什么，心里却十分钦佩。老武有力地说道："你叫民兵们准备一下，三两天内就干！"雷石柱说："要动手就动吧！为何又等三两天呢？"老武站起来说："反维持不是个简单事情。只有一个村反了不顶事，这回要把望春崖、桃花庄的维持会一齐搞掉。现在我就回靠山堡和马区长商量。有事情，马上来找我。"说完，急急忙忙走了。

微词典 　①滔滔不绝：形容连续不断（多指话多）。

周毛旦奋起反抗
武工队杀敌救人

在老武去区上汇报的同一天，康家寨里发生好几件大事。汉家山的鬼子向康家寨的汉奸索要花姑娘。周毛旦的儿媳妇是孟二楞的妹妹，险些被抓去了。孟二楞为救妹妹被抓了。老武救了孟二楞他们，扣下维持会的人。

老武认为，康家寨的群众已经暗暗发动起来，反维持的时机已经成熟。这天，老武和雷石柱商量完反维持的具体工作，就去区上汇报。临出门嘱咐雷石柱要特加小心，有事到靠山堡去找他，说完就走了。雷石柱随后出来，只见漫天大雪，街道上像铺了一层白毡，静悄悄的没一个人影。他独自走到维持会门前，听到里面"王魁""八仙"的喝酒猜拳声，喊得震天震地。他暗暗骂道："狗的们，看你们还能好活几天！"心中骂着，没停脚，找着武二娃、孟二楞几个民兵，把反维持的事情说了一遍。布置完工作，又嘱咐大家，千万要小心谨慎，说完才回家来。

第二天早晨，雷石柱睡得正甜，忽然老婆吴秀英进来说："维持会的人来说，今天轮你到据点里担水砍柴哩！"雷石柱气也没吭，穿上衣服，往怀里揣了两个窝窝，随着村里十几个人走了。

晌午时分，汉家山敌人向康家寨要五个花姑娘，派出一个日本兵，一个警备队，马上等着带人。这下，把村里人气炸了。维持会派下谁家，谁家也不去。康顺风就站在村街上，对村里人说："唉，这也是劫数哇！这种年月，睁一只眼闭一只眼就对了！上碉堡住几天有甚？人家日本人又不带走！"人们都吐着唾沫走开，有人就骂："你喜欢日本人，就把你老婆送去。"康顺风听见气坏了，回到维持会，叫警备队和日本兵到各家去拉。

那两人第一下便闯进了周毛旦家。碰巧周毛旦担水去了，儿子周丑孩支差没回来，家中只有周老婆和有病的儿媳妇。婆媳俩一见那两个家伙进来，吓得面无血色。这两个家伙见那媳妇长得好看，早乐得没命了。两个交头接耳咕噜了一阵，就要先下手。周老婆慌忙上前哀求。警备队员扑上去一把拉开周老婆，日本人上来又当胸狠狠一脚，把她踢倒在地。接着那两个扑上炕去就拉扯那媳妇，那媳妇又哭又喊，死命挣扎，三个人滚作一团，拧成一块。忽然，日本兵的手指被那媳妇咬了一口，鲜血直流。日本兵恼羞成怒，随手拔出刺刀，对准媳妇的面孔就要刺。正好这时周毛旦挑水回来，看见这般情景，顿时怒火中烧，把桶一扔，举起扁担，照那个日本兵的后脑勺就是一下。日本兵刀还没刺下，就倒栽葱跌到地上。周毛旦轮起扁担又是几下，那个日本兵便躺在那里不动了。见此情景，警备队队员跳下炕来夺路而逃。刚到村口，就被飞来的斧子砍倒了。

原来周丑孩的媳妇是孟二楞的妹子。这天孟二楞正在院里劈柴，听人说敌人要拉他家妹子，气得一跳三尺，提了斧头，就往外冲。刚迈出大门，正好碰上警备队那小子从周家往外跑，孟二楞拔腿就追。眼看那家伙就要跑脱，孟二楞心一急，狠狠甩出手中的斧头，正中那家伙的脑袋。孟二楞见闯下祸了，掉头就跑。出村没半里路，康家败领着一群拿绳带棍的狗腿，气势汹汹[1]地追了上来。孟二楞赤手空拳，到底不是对手，被这伙人捆回了维持会。

到后半晌，雷石柱和周丑孩给敌人做苦工回来。一进村，见街上冷冷清清，有几家女人在哭号，雷石柱知道准是出了岔子[2]。周丑孩见他妈妈披头散发地坐在街上，嗓子都哭哑了，不由得心里一酸，跑过去抱住。他妈妈哭着说："日本兵要拉你媳妇，叫你爹打死了，你爹也被抓到维持会去啦!"

这时，张忠老汉正好从前村回来，便把雷石柱和周丑孩拉到他家里，把村里发生的事诉说了一遍，然后又忧愁地盯着雷石柱说："你看这怎办哪? 可出了乱子了。"雷石柱皱眉想了一阵，说："办法不愁。你先给我找一方白麻纸来，我给老武写封信。"老汉找来白麻纸，雷石柱从口袋里摸出半截儿铅笔，趴在炕上歪歪扭扭地写下不足二十个字，叫周丑孩赶快到靠山堡给老武送去。接着嘱咐张忠老汉去前村找武二娃，要他们夜里到村外接武工队。

他安顿好回到家，刚端起碗吃饭，康明理就跑进来满脸愁容地说："他们把二楞抓回来就打了一顿，说今天就往汉家山送。你看，这……这……"雷石柱想了老半天，猛一抬头对康明理说："这样吧，我先去求个情再说，管他行不行，反正拖长时间就好办。"说罢，就出门往维持会去了。

孟二楞被暴打一顿还是骂不绝口，康顺风看看无法，就剥净他的衣服，赤身子关进后院一间冷房子里。周毛旦被打得血肉模糊，已经昏死过去一回。康家败扬着鞭子还要打，被进来的雷石柱伸手按住。康家败转头

一看，见是雷石柱，好生动火，正要开口问他，雷石柱却笑容满面地道："康二少，你看都是一村人，也用不着你动这么大的肝火，好好说道就完了嘛！"康家败把雷石柱的手一甩，愤愤道："这才是狗咬耗子多管闲事！我们在拷问坏人，与你何干？"雷石柱说："不与我相干。咱们总归一个村里的人，常言说：亲不亲一村人。他这么大年纪的人啦，哪吃得住那样拷打？"

康顺风在一旁看着，心想："上次请愿抗交羊毛，说不定就是你雷石柱的主意，害得我挨了两巴掌！"想着便走到康家败身边，用手指点了几下。康家败眉毛一竖，厉声喝道："早知道你也是康家寨的坏鬼，捆起来一块儿往汉家山送！"几个狗腿马上扑过来，把雷石柱也吊上大梁。

正在这时，门外冲进一群人来，领头的正是武得民。这些都是二十二的棒后生，一律穿着便衣，个个都有两件武器，专门在这一带打击敌伪，做发动群众工作。一见这个场面，没有一个心里不冒火。老武脸色一变，叫人把康家败捆起来。站在一边的康顺风早吓得脸像一张黄表，浑身乱哆嗦，跪在地上捣蒜似的叩头求告。老武指着康顺风的鼻尖说："姓康的，你在新政权领导下也当过干部。你不做抗日工作，反倒在村里仗鬼子的势力称霸为王起来。你可知道维持敌人、苦害百姓是当汉奸不知道？"康顺风一边点头，一边结结巴巴地求告，半天也没说出个七长八短。

天明了，武工队刚把维持会的人关进大厅，门外飞奔而来一个精悍后生。雷石柱抬头一看，见是放哨的李有红，他告诉大家有十来个敌人从老虎山下来了。老武喊了一声，满院的武工队员便集合起来。老武在队前说："敌人这次来，一定不知道我们把维持会搞掉了，乘这机会，我们好好打他个埋伏，叫他来得去不得！"说罢，领着武工队像一阵风似的冲出门去。

剩下的雷石柱、康明理、武二娃几个，正在收拾、查看维持会的公文、账簿，猛听见从后院传来"咚咚"捣门的声音和喊叫声，康明理这才想起孟二楞还被关在后院里。孟二楞出来得知老武他们去打仗了，慌忙穿好衣服，猛地夺过雷石柱腰里的手榴弹，拔腿就跑。雷石柱后面追上去，紧唤慢喊，孟二楞已跑得不见影子了。

汉家山据点的敌人听说康家寨打死了派去要花姑娘的那两人，第二天早上便派了三四个日本人和一小队伪军前来镇压。这一队人和往常一样，一路游山玩水，大摇大摆地来了。谁料走到石崖湾，突然半山上一声枪响，接着手榴弹雹子般飞打下来，敌人顿时号叫着乱作一团，有的<u>抱头鼠窜</u>[1]，有的枪还扛在肩上就见了阎王。埋伏在半山腰的武工队正准备下来收拾战利品，忽然见一个日本兵包着头从一块石头底下爬出来。老武举枪要打，扳机还没有扣下，只听"轰隆"一声，手榴弹响了。那个鬼子应声倒地，再也不动了。人们正纳闷儿这颗手榴弹的来向，只见孟二楞背着两只枪出现在那里。老武走上前去，高兴地拍着他的肩膀说："好样的！真勇敢！你得的这两支枪，就发给你们的民兵小队好了！"孟二楞一听，高兴得像小孩一般，又蹦又跳，跟着队伍打扫战场去了。

这天清早，村里的人看到武工队来把维持会的人扣起，又打仗去了，高兴得都像疯了一般。年轻人都跑去抓躲藏起来的维持会的狗腿子。

张忠老汉跑到康家祠堂门口，把维持会的牌子摘下来，对准一块石头，狠狠地摔上去。人们也跟着扑了过去，用脚踏成了几截儿。大家都高兴地说："让这帮坏鬼压迫了快一年，这下终于见到太阳了！"

到中午，家家烧水做饭，准备招待武工队。忽然，街上有人大喊：

微词典　①<u>抱头鼠窜</u>：形容急忙逃走时的狼狈相。

"看！咱们八路军打胜仗回来啦！"这下好像静水里投了块石头，村子翻动起来了。人们把武工队的人围在中间，争着抢着往自己家里带。

康大婶硬把老武带回自己家，把能拿得出来的最好的饭菜摆在老武面前。吃完饭，老武放下一顿饭的粮食库券①作菜金①，康大婶生气地说："你们这样小看人！我再穷也能管起你几顿饭！"老武急得说："这是八路军的制度，你不要，我们再也不来你家了！"康大婶这才收下。

这天，康锡雪听说武工队来把维持会的人扣起了，着急得就像踩在火堆里，坐卧不安。到了天黑时分，康顺风的女人跑来哭哭啼啼地告诉康锡雪，武工队正审问维持会的人哩。她央求康锡雪说："他大伯，这事可得你出头救一救哩！不然他可就不能活啦！"康锡雪本来就做贼心虚，这一说，更是吓昏了头。

第二天早饭时分，街上响起锣声，有人高声大喊："开大会啦！到祠堂院里，家家都去哇！"祠堂院门口的墙上，贴满了红红绿绿的标语。院里人山人海，从大门道到房檐下，挨挨挤挤，到处都是黑压压的人头。康顺风维持会那一伙人都是灰眉溜眼，少光无色，一条绳子串捆着。人们塌崖般地吼着："选雷石柱当主席！"

这时雷石柱站到场子当中，场子里马上鸦雀无声。雷石柱摆动双手说道："想想从前，这都是谁害的？今天大家都说吧！把受了的苦讲出来，咱们算总账！"

雷石柱话音刚落，住在村西头的一个老汉从人堆里站起来，嘴动了几

☀ **小·讲坛**　①**粮食库券**：是国民政府以取得粮食为目的，于1940年底到1944年分四次发行的实物内债，有稻谷券和小麦券两种。发行办法是在粮食征购、征借时将债券强行发给农民。

📖 **微词典**　①**菜金**：多指机关、团体买副食的钱。

下要说话，被后面他老婆扯了一把，这老汉便又坐了下去。一会儿他又站起来，看了康顺风一眼，又坐下去。

雷石柱看到这个情景，便对那老汉大声说："大叔，天阴总有晴天时，受苦人总有翻身时。今天有共产党八路军给咱撑腰，你还怕谁？"那老汉把身上的烂羊皮袄一脱，把胸膛一挺，大声说道："我的脑袋拼上不要了，顶上老命也要出这口冤气。"他往前移了一步，用手直直地指住康顺风说道："我种的十三亩地，日本兵要'保管'粮，每亩九十斤，交不够，他逼我跳了井，村里人把我捞出来，他又把我押了三天，逼得我把地全卖了……"这时，坐在角落里的辛在汉家妈，再也忍不住了。她冲上前一把抓住康顺风，说："你个康顺风，你个害人精！你逼得我老婆子把牛卖了，人没给我赎回来，我问你，那钱哪儿去啦？"康明理在人群里插嘴说："我清楚，那钱他私吞啦！"人们一个接着一个哭诉自己的遭遇，喊着质问康顺风："你过去是个穷鬼流氓，整天就是凭你那两片嘴当伢子吃饭，这会儿是穿绸挂缎，吃肉吃面，买房买地，问你呢，哪儿来的钱哪？主席，叫他说！"

这时，孟二楞"呼"地从台阶上冲下来，扑向康顺风抡起拳头就打。全场沸腾了，人们拥上去吼着，骂着，撕打康顺风。雷石柱看见这般光景，赶快大声喊："大家停一停，叫他自己说。"待众人分开时，只见康顺风口鼻出血，浑身是土。他刚从地上挣扎起来，周毛旦又激愤地吼问他给敌人保管的粮食弄到哪里去了。康锡雪见问到自己的问题上，十分紧张，正想硬着头皮站起来交代两句。康顺风突然往众人面前一跪，伸手"啪啪"地连打自己的脸几下，显出一副苦相说道："大家饶恕饶恕，反正我在维持会没给众人办过好事，众人处罚我就是啦！"康顺风来这一手，原来是怕众人提出康锡雪，追出他们的老根子，问题就更难解决，所以来

了个先发制人。

人群里就有人说："这简直是屙（ē）①到人头上拿尿洗哩嘛！不行，算账！"人群中又跟着呼叫起来："康顺风不要要无赖！"

雷石柱几次挥动双臂，提高嗓子喊叫，场子里愤怒的人声还是不能平静。一直坐在桌边的老武见众人如此激愤，心情也十分激动，站起来摆着手，说："大家静一静，叫康顺风自己给大家交代！"人们马上闭住嘴，静悄悄的，眼睛盯住康顺风。

康顺风哆哆嗦嗦地向众人承认了各种贪污事实，又说敌人要一百，他就给老百姓派一百五……

整个会场群情激愤，最后一致要求枪毙汉奸康顺风。孟二楞把昨天打仗得下的那支枪提在手里，"哗啦"一声推上顶门子，上去把康顺风的领口擒住。老武看到这个情景，心想：群众不起来斗争，要发动；群众起来了，就要注意掌握政策！这样打死人不行！于是老武向众人说，康顺风这些人问题很大，应当送到政府处理，只要能悔过，还是要给个机会。

这时，又有人站起来说："虎头咱割了，剩下些尾巴也得收拾一下！"人们知道这是指维持会那些村警狗腿子们，便喊道："对！"那些人看见刚才的阵势，早吓得恨不得地上有个窟窿钻进去，见提到自己，霎时跪下一地，嘴里伯伯叔叔地央求。

有人又说："主席，康明理给维持会当书记，也当了几天汉奸，为什么还叫他坐在那里？他做什么啦？"旁边有人就说："人家康明理可没做过坏事！"孟二楞一步跳到当场，粗嗓子响雷似的说道："康明理就是比他们有理！"人们听了莫名其妙，正想发问，雷石柱把康明理在维持会里

① 屙：方言，指排泄（大小便）。

042

的事，根根梢梢[1]地说了一遍。全场人面带笑容欢呼道："哦！没想到明理是个无名英雄啊！"

　　清理了被维持会贪污的财产，太阳已偏西。武工队队员押着康顺风、康家败，往靠山堡去了。人们正想散会回去，老武又提出组织民兵、保卫村庄的事情。张忠老汉首先表示拥护。张有义见父亲号召别人，先跑上来对当记录的康明理说："写上我，第一个张有义，再写我弟弟张有才。"周丑孩也抢着报名，他本来就有点结巴，一着急半天说不全自己的名字，众人笑着打趣他。正在热闹的时候，康大婶用手推了一把站在她面前的康锡雪家的长工康有富，叫他也报名。康有富回头瞅了她一眼，很不自然地走到一边，又坐到另一处人堆里。康有富刚坐下，这堆人里的李有红就站起来说："写上我李有红！"身后有人打趣说："你是我们村有名的睡觉把式，参加了民兵，可不睡得叫日本兵把你活捉了！"李有红笑着回头看那人，一眼瞅见康有富，叫道："康有富，你为何不参加民兵？"康锡雪就起来说："参加民兵保家乡，是好事嘛，你快参加吧！"康有富是出了名的老实人，见掌柜的叫他参加民兵，不敢不参加，也报了名。就这样，先后有十来个青年报了名，民兵队伍就组织起来了。

　　接着，又选举了周毛旦当村主任，二先生当书记。

　　晚饭后民兵们继续开会，年轻人聚到一起有说有笑，十分热闹。大家一致推举雷石柱当了民兵分队长。雷石柱说："咱反了维持，更要多操心，防备敌人报复。以后站岗放哨、探消息……大家讨论一下怎么做。"

　　孟二楞说："岗哨站不站也淡事[2]，反正敌人出来就打，敌人不出来我们就干别的。"康明理说："你不放哨，怎能知道敌人出来？"马保儿看

微词典　①根根梢梢：比喻事情的全部经过和细节。

　　②淡事：方言，指无关紧要的事。

了康明理一眼说："一天起来尽站岗，啥事也不要做了。"大家你一言他一语地乱吵，吵来吵去，最后决定了白天由儿童放哨，夜晚由民兵轮班，民兵们放了哨顶抗勤工。

讨论完放哨，又说到武器。老武说："枪要靠到敌人手里夺。"孟二楞也说："前天我们还没一支枪，昨天跟武工队打了一仗，马上就有两支了！只要打仗，枪不愁。"一席话说得大家都兴奋起来。接着又谈到现有的两支步枪和两支火枪，大家都争着要背枪。最后还是老武做了决定：两支步枪，孟二楞一支，雷石柱一支；火枪只有张有义和李有红会打，他们俩人各拿一支。张有义听了，不满意地说："火枪那个玩意儿我不要，我是民兵，又不是打山的。要不然咱抓纸蛋，谁抓住谁背。"众人都说不合适。张有义又说："放哨的时候应当拿步枪。"这得到雷石柱的认可。张有义马上就对雷石柱说："今天我放哨，你把步枪给我背吧！"雷石柱笑了笑，说："拿去！"

张有义背上枪，连忙跑回家里，从赶车用的鞭子上拆下红缨子来，插在枪口上。换了件新棉袄，背着枪前街后街炫耀了一回，这才跑去放哨。

民兵动员砍树人
五百群众砍桦林

一天半夜里，孟二楞带着两个陌生人来找老武。这两个人是望春崖民兵分队长赵得胜和桃花庄民兵分队长崔兴智。他们为什么要找老武？原来他们带来了新的任务。这次新任务会是什么呢？

鸡叫时分，老武睡得正美，"咚咚咚"，外面有人敲门。那声音好似擂鼓一般，非常急。老武从梦中惊醒，还没穿衣服，先把手枪握在手里，轻声问："谁呀？""是我，快开门！"老武听出是孟二楞的声音，这才松了口气。待他点上灯回头一看，只见孟二楞身后跟进来两个人。

一个有二十八九年纪，粗胖身材，肉团团脸，两条浓眉长到了一块儿，鼻子好似一头蒜。一只手提着一支牛枪，一只袖子是个空筒筒。这个人是退伍军人赵得胜。1937年，八路军北上抗日，他在平型关战役中被敌人的机枪打断了左臂，回来住了三个月医院，然后退伍回到家里来。这次马区长到望春崖组织民兵。他因为是共产党员，过去又在村里当过自卫队分队长，不愿受敌人的蹂躏，就积极帮助马区长，在村里组织起秘密民兵。他虽然只有一条臂膀，可是打枪非常准。人们给他起了一个外号叫"一把手"。后一个是桃花庄的民兵分队长崔兴智，今年二十四岁，生得皮肤很黑，穿一身黑衣裳，腰里插两颗手榴弹，灯下一看，真是黑人一般。

老武看了片刻，开口问孟二楞："他们是哪里来的？"孟二楞说道："他们说是从望春崖、桃花庄来的。"老武听罢，心中正在疑惑不定，带牛枪的那个人一步跳到老武跟前说："你就是武得民同志？"老武应了一声，那人便伸手到腰里去摸，掏出了一封信。老武接过信，打开凑到灯前一看，是马区长写来的，上边写道：

武得民、雷石柱两位同志：

　　今天听说你们那里的维持反掉了，桃花庄、望春崖两村的维持，昨天也一齐反掉了。我现在正发动群众，准备进行砍桦林斗争。上级指示说：不要给敌人留一根木料，不容易保护时可以毁了它。大家要努力发动群众，粉碎敌人修铁道的计划，阻止敌人蚕食，把它挤出去。你们那里发动得如何？我有很多事，还不能离开，今介绍桃花庄民兵分队长崔兴智、望春崖民兵分队长赵得胜两位同志，前去你处，共同商讨反木材斗争。

马长胜

老武看罢，惊喜异常，忙笑着招呼那两人上炕，不住地说："早就听说过你们二人的名字了，想不到今天见到真人啦。"随即吩咐孟二楞去叫雷石柱快起来，有要紧事讨论。

没一会儿，雷石柱来了，走近仔细看，才认出是桃花庄分队长崔兴智和望春崖分队长赵得胜。他上前握住两人的手，亲热地说："今天是什么风把你们给刮来啦！过去咱们常在行政村开会，三天两头见面，自从敌人占了汉家山，快一年没见面了。"崔赵二人也笑了。老武把刚才那封信递给雷石柱看。雷石柱接过信刚念了几句，便高兴地大笑起来。只有孟二楞一人好似装在鼓里，他急得跺着脚大叫道："到底是什么事？你们专捉弄我这睁眼瞎子啦！"雷石柱看罢信，把信上的事说了几句，孟二楞便高兴地去放哨了。

雷石柱他们四个人在老武家里开起了商量砍桦林的会。老武把水笔、

日记本掏出来，说道："大家自己估计吧，看自己村能动员多少人。"桃花庄民兵分队长崔兴智说："反木料斗争，我村可动员150人。""一把手"赵得胜攥了一下蒜头鼻子，说："我们望春崖动员150人也没有困难。"雷石柱想了一下，也说："我们村比你们的村子大，可以动员200名。"老武听了三村动员的人数，共是500人，不由得兴奋起来，两条胳膊好像喝醉酒似的，在空中乱摆着，说："这次大家加油干！反木料斗争不成问题，一定能顺利完成。七天以内，各村把人都动员好，除去民兵要放哨警戒，其余的人编成三个大队，到11月13日那天，天明赶到桦林山就干。"

讨论完毕，老武又给马区长写了一封回信，告知会上的决定，交给崔兴智带回桃花庄去。把崔赵二人送走后，老武和雷石柱就分头到各家做动员工作。一连好几天忙得不可开交。

康锡雪自从那天开罢大会以后，一面因心中气愤，不能发泄，一面担心康顺风到政府里将事情闹大，露了馅儿，愁思成病，每日饭也不多吃，躺在炕上长吁短叹①，只打发老婆白天在村里打听点消息，望风行事。

有一天黑夜，康锡雪的老婆小算盘从康顺风家串门子回来，已是三更天，村里人都睡了。她路过马有德老汉门上，看见老汉家里还点着灯，窗子上明晃晃的，有几个很高大的人影在动。她一见，心中生疑，蹑手蹑脚地走近墙根偷听。听见里面雷石柱的声音说："我们村去100多人，用的家具多啦，你老人家不是还有一把大斧，把它拿上，咱们人多手快，最多三两天就砍光了！"小算盘没头没尾地听了几句，屋里便静了下来，等了老半天，还是没人说话。她冻得不行，正想走开回家，这时，屋里有一个粗声音传出来："不管他三七二十一，先下手为强！咱们不砍，敌人还不

是要抓民夫给他砍？咱们砍了还能变卖成钱，要让敌人砍去修起铁路，这一带的老百姓可就算害上贴骨疔疮①啦！"又听见一个老汉咕咕哝哝地说："不管怎么说，桦林山总算咱村几辈子的宝，刨药材，采蘑菇，打野兽，往年家家都有几两银子的进项。民国年虽说票子不值钱，砍一担柴也能卖一升谷米，如今砍了实在心痛！再说两三天要砍座山，你们试试，万万是办不到的！半道上被日本人知道了，那就坏了！"一场争辩之后，屋子里又无声无息地静下来。

停了老半天，蓦地，窗上一个老大的黑影站起来，挥着手说："砍了林子是可惜，可是咱们只要保住这地方，留得青山在，不怕没柴烧，往后还不是要啥有啥！"小算盘听到这里，心乱如麻，再也听不下去了，正要回去告诉康锡雪，又听见屋里雷石柱的声音："别说了，大家回去准备吧，后天就动手干！"

"吱"的一声，窑门大开，开会的人拥了出来。小算盘急忙蹲在墙角，黑暗中也看不清出来的是哪些人。等人们走净了，她才快步跑回家。她见到康锡雪，把刚才听到的话一五一十①地说了一遍，康锡雪半天吐不出一句话来。过了一阵，他从炕上起来，手摸着光溜的脑门儿，在地上走来走去，长长吐了口气，走到油漆书桌前，自言自语地说："阎罗殿上撑好汉，我叫他们一个个都从我手上逃不出去！"他马上抽笔开砚，写好一封情报信，第二天便差康顺风女人假装探亲戚，送往汉家山据点。

这几日，据点里的敌人正忙着运东西、抓民夫，积极准备砍桦林。接到康锡雪送去的情报，得知这一带群众也准备砍桦林，非常生气，当下就点伪军日军几十名，准备袭击砍山队。

另一头，砍山队把桦林山上的树砍得只剩下些不能做枕木的小树了。

☀ 小讲坛　①疔疮：中医指发病迅速并有全身症状的小疮，坚硬而根深，形状像钉。

📖 微词典　①一五一十：形容叙述时清楚有序，没有遗漏。

过大年民兵放哨
新政府拨粮慰问

除夕这一天，反了维持的康家寨人人准备着过年。在老武的提醒下，雷石柱开会决定除夕夜加强放哨，以防敌人报复，然而民兵中有异议的声音。同一天，康锡雪接到敌人的信后投靠了敌人，帮助敌人进行扫荡行动。康家寨也因此陷入了危险之中……

康家寨反了维持，为防备敌人报复，干部就动员全村空舍清野，每天派民兵到据点周围活动。转眼间已到旧历年关，康家寨虽经过敌人一年来的压榨，家家光景都不如以前了，可是好容易才熬到过年，又反掉了维持，得到解放，家家都都是想尽办法籴（dí）①米买面，割肉打酒，忙着准备过年。

除夕这天，雷石柱沿门串了一趟，见家家都在忙着过年，和日本人没来以前差不多。有些民兵叫去放哨，也推推辞辞的，雷石柱虽然有些担心敌人来扰，群众会吃亏，可又一想，也许敌人也要过年哩！这么一想，那点担心也就没有了。

微词典　①籴：指买进（粮食），跟粜（tiào）相对。

回到家，老婆吴秀英正在糊灯笼，见他进来，不太高兴地说："天天忙，夜夜忙，腊月三十你都忙得不能给家里做点活，你看院也没扫，火塔子也没垒；我长上四只手也做不完哪！"雷石柱笑了笑，便找了把扫帚把院扫过，拿箩头提出一箩头炭，蹲在当院垒火塔子。原来这里过旧历年的风俗，就是把炭块堆积成塔的形状，初一天不明就起来，首先把当院的火塔子点着。

雷石柱正垒中间，马保儿从大门外进来，笑着说："分队长也忙着过年啦！"说着递给他一封老武捎来的信。雷石柱拆开一看，眉头圪皱起来，叫马保儿赶紧通知民兵和干部开会。原来老武担心敌人今年在康家寨吃了大亏，说不定会趁过年来报复，特别嘱咐雷石柱，叫民兵们多下点辛苦，提高警惕，以免老百姓受了损失！

民兵们到齐了，雷石柱把老武的信掏出来，叫康明理念了一遍。刚念完，张有义就噘起嘴说："放哨可以，年初一这顿羊肉饺子可不能叫误了！"马保儿听见张有义开口先说吃，就有几分冲了他的犟脾气，便反驳道："成天就是说吃。咱们吃点苦没关系，总不能叫全村人有个差错。今夜岗哨更要加紧哩！"张有义回嘴道："你不说吃，是不是？初一给你吃糠面窝窝头你高兴！"康有富说："依我看没事情。安心睡觉吧，敌人也过年哩！"这时孟二楞飞起眉，跳起来说道："敌人报仇还管你过年不过年？又不是娶媳妇嫁闺女，要挑黄道吉日。要是敌人来了，哼！过年？我看过周年吧！没人放哨我一个人去。"李有红也从炕上坐起来，说："我也去！"

民兵们最后统一了意见，都说要加强岗哨，保护全村过大年。最后决定在离据点五里路的牛尾巴梁上放班哨。雷石柱马上就把民兵分成两班，第一班是雷石柱、李有红、马保儿等五人，其余的算第二班，后半夜替换。

第一班的民兵，都带上武器穿上皮袄走了。雷石柱又和干部们交代了一遍；让大家分头去动员群众，让每家把牲畜寄到村外，铺盖吃食都收拾妥当，一听见打手榴弹，就往村西炭窑里躲。虽经一番动员，多数人家认为有民兵保卫，抱有侥幸心理。再说牲口寄到村外，没棚没圈，冻死咋办？因此只有少数人家把牲口寄到了村外。

康锡雪这天早晨接到敌人的一封信，说夜里要来"扫荡"，叫他想办法把民兵拉住，不要放哨，事情办好了，日后不会亏待他，否则总有一日要他好看。

下午，康锡雪见把康有富叫去开会，心中便紧了一下，不由得愁闷起来。康有富开会回来，他就赶紧走上前去亲热地问道："有富，你跟民兵们开什么会呢？"康有富吱吱哼哼地说："布置叫今黑夜站岗放哨哩！后半夜的一班有我。这闹得连个年都不能在家里过！"康锡雪一听说加强岗哨，立刻惊得眼瞪了挺大，但马上又镇定下来，一把一把地摸着光溜的脑门儿。半晌，声调更亲热地对康有富说："我本想让掌柜和伙计坐到一块儿喝几盅，可是你们民兵公事更重要。我看这样吧……"康锡雪转身对里间的老婆小算盘说道："今黑夜，炒上一斤肉，倒上二斤陈酒，给有富带上。"

小算盘正和儿媳们坐在里间房炕上包饺子，听了这话，把脸一板，正想把老糊涂虫痛骂一顿，忽然想到过年不能说不吉利的话，便把嘴闭住了。这时康锡雪从外间进来，向她使了几个眼色，小算盘会意了，就随口答道："可真是，有富这娃娃不错，你看年不能在一块儿过，那就黑夜带上些酒菜吧！"康有富见小算盘也松口了，便很感激地说："带上一壶酒挡一挡寒也就够啦！"康锡雪把头一偏说："说是说，带上一壶酒，还能光你一个人喝呀，再说和你一块儿放哨的民兵们，为了全村人辛苦一场，拿去叫大家都喝上一盅，就当作我姓康的对抗日救国的一点儿小心意。"小算盘也插嘴道："婶子把肉给你们炒得香香的，尝尝婶子的手艺！"康有富听了这番话，着实感激，当下便高兴地答应了。

半夜换哨，康有富带着酒肉赶到牛尾巴梁上，把康锡雪慰劳的意思原原本本说了一遍。孟二楞一把拦住，说："他不会在里面加砒霜吧？"康有富说："看你，不要把人家的好心当作喂猫食！"康有富还没说完，张有义早把酒瓶子端起喝了一口说："喝吧，送来就喝！"其他的民兵也正冻得没法招架，见了酒肉，不管三七二十一，凑到一起吃喝开了。大家喝酒闲谈，把放游动哨的事也忘了个干净。就在这时，汉家山的敌人不骑马不带炮，一路轻脚轻手，悄悄地从沟底摸过来。到了村口停住，带队的猪头小队长向村里望去，只见家家院里烧着一堆炭火，整个村子却安安静静。于是，命令四十个伪军先把村子包围起来，他亲自带着三十个日军冲进村里，见门就进，见人就抓。

雷石柱放哨回来，躺下没多会儿，就被街上的嘈杂声、哭喊声吵醒。他急忙跳下炕，跑到院里，从大门缝里往外一看，只见门外黑黝黝的扑过一个人来，照着大门"砰！砰！"几脚就把门踢开了。雷石柱急忙闪在开了的门后，借着门外的火光，看清进来的是个日本兵。雷石柱顺手举起顶门杠，照着他的后脑勺就是狠命的一棍子，那个鬼子还没来得及哼一声，便倒在地上死了。

接着，雷石柱赶紧把老婆藏在山药窖里，拿起日本兵的枪就想往外冲。忽然又停住脚寻思道："敌人一定把村子包围了，光我一人一枪能冲出去？"想了一下，便穿戴上那个日本兵的衣服，把帽檐拉下来，掩住眉眼，这才走出门去。

街上，手电火把照得通明。满街的男女老少在鬼子枪托皮鞭的驱使

下，哭喊着乱作一团。雷石柱挤在人堆里，人们以为他真是日本兵，吓得都往两边挤。他趁空紧跑几步，赶到村口上，听见黑暗中好几个声音吼道："什么人！站住！"雷石柱听出是放哨的伪军，便假眉三道地口里咕噜道："太君的，莜面饸饹一马司！"这时北风刮得很大，伪军们也没有听清说什么，但见是个日本兵，便没敢再问。雷石柱脱了险，撒腿飞跑上牛尾巴梁。

敌人把全村男女老幼，一齐赶打到康家祠堂旁边的大场里，场当中燃烧着一堆熊熊大火。几十个枪上插着刺刀的敌人把全村人围在火堆前面。

猪头小队长手里握着明晃晃的洋刀，和独眼翻译官走到人群前面，杀气腾腾地威逼人们交出民兵来。面对凶恶的敌人，人们沉默着。猪头小队长恼羞成怒，大喊一声，扑过去从人堆中拉出一个年轻媳妇来。那媳妇穿着一身单衣裳，全身冻得站都站不稳当了，火光里照见她惨白的脸，嘴唇变成了黑紫色，原来是孟二楞的女人。

猪头小队长问道："你的说，说了的不杀！"那媳妇说不知道。猪头小队长叫了一声，马上扑过两个日本兵，举起枪托，照她身上没头没脑就是一阵乱打。那媳妇疼得满地打滚，几次昏死过去，但是敌人仍不住手。忽然她翻了个身，喉咙里"哦"的一声，便不动了。在场的人看了，都是眼泪滚滚，心中十分难过。

猪头小队长又拉出一个年轻小伙来问道："你的是民兵？""不是。""谁的是？嗯？""不知道！""砰"的一洋刀，这个小伙子愤怒地向前扑了两扑，终于倒在血泊里了！

独眼翻译官走到人堆前，人们恐惧地往里挤成一团。只见他一把拉出一个小女孩来，装得和气地说："小朋友不要怕，谁是民兵？你好好地说。"说罢，又从口袋里掏出几块糖，塞在小女孩手里。康明理几个民兵一见，顿时把心收紧了，只怕孩子不懂事说出来实情。可是那小女孩说了句："我不知道！"把糖丢到火堆里了。翻译官气得两条眉一竖，提起那孩子，就扔到火堆里。小女孩的妈妈辛老太婆突然从人堆里挤出来，披头散发，像疯了一样，连哭带骂："断子绝孙的日本鬼子呀！你们抓走了我的儿子，又杀了我女儿，我今天跟你们拼啦！"旁边的人扯也扯不住，她弯腰捡起一块石头，照准翻译官的面门打去。翻译官把头一偏，石头正好打在他后边的一个日本兵的脸上，疼得那鬼子"啊呀呀"乱叫。敌人看到有人胆敢反抗，马上冲过来六七个人，照准辛老太婆就是一顿乱刺，辛老太婆倒在血泊中。

猪头小队长气急败坏①地喊道："通通的坏了心的！通通的斯拉！"场子边上的敌人马上散开，架起两挺歪把子机关枪，枪机"哗啦哗啦"响着，就要扫射。四五个民兵被人群围在当中，挤得上气不接下气，康明理对别的民兵们低声说："舍上命干吧，反正是个死！"周围的人也低声地说："干！"正要发作，忽然张忠老汉从人堆中挤出来，站在敌人面前，面无惧色道："谁是民兵，我都知道。民兵都在村外住着，我引你们捉去！"小队长听着高兴地笑了，双手拍着张忠老汉的肩膀说："你的顶好，前边的开路，捉住民兵，大大的有赏。"张忠老汉赶忙又说："民兵多哩！皇军把兵马都带上吧，少了捉不住！"日本人答应了。张忠老汉便头前引路往左边山上爬，后边跟着一串敌人。

西北风狂吼着，四周一片漆黑，山路十分难走。猪头小队长紧拉着张忠老汉的腰带，好像怕他飞了。爬了有半里多路，张忠老汉紧走了几步，突然站住说："到了，我喊出来，你们就捉。"张老汉高喊道："老武同

志！石柱子！我姓张的总算对得起全村人了……"话还没说完，冷不防返身抱住猪头小队长，死命向前一跃，"唿隆隆"滚了下去。敌人急忙按亮手电四处照，这才看清前面是几十丈深的绝崖。

独眼窝翻译官气急败坏指挥队伍返回村里，却连个人影也没找着。凶恶的敌人满村子乱窜，见牛驴东西就拉就抢，见房子柴草，就点就烧，整个村子霎时变成了一片火海。

雷石柱在黑暗里跌跌撞撞，一路狂奔到牛尾巴梁上，见那几个放哨的民兵，都醉乎乎地背靠背睡着。他急得连喊带推，把他们叫醒。民兵们一听村子被敌人包围了，酒都吓成了冷汗。孟二楞喊了一声："走，打去！"大家拿起枪就往山下冲。雷石柱拦住说："去送死呀！敌人多哩！咱们只有分成两伙，扰乱一下敌人！"于是分配孟二楞领三个人上北山，自己领两个人上南山。

敌人听见两面山头上响起了枪声，以为遇到了老八路，慌忙赶着牲口撤退。两路民兵顺屁股追打，直追到牛尾巴梁，夺下三头耕牛。

这时天已大明，民兵们回到村里，人们正忙着救火。一肚子火气的孟二楞，怀疑这是康锡雪搞的鬼，拉着康有富直奔他家而

去。进了院门，只见康锡雪家西边的一间房子被烧塌了，还在冒着烟。康锡雪头上包着布，见他们俩进来，一拐一拐地过来，拉着康有富，伤心地说："你们可回来啦！敌人捉住我逼问民兵在哪里，我说不知道，那些瘟神就往死地拷打我，把我的房子也烧了……"说着说着就哭起来了。

原来这是康锡雪的苦肉计。他害怕人们看出破绽，便把一间不用的房子，亲自放火烧了，并装成被敌人打过的样子。孟二楞是个直来直去的性格，见此情景，信以为真，一句话没说就转身出来了。

孟二楞刚从康锡雪家出来，就被人引到康家祠堂的大场里，场上直挺挺地躺着死难者的尸首。孟二楞看到自己的女人也躺在那里，气得脸上一会儿白，一会儿黑，紧握着拳头，怒冲冲地一句话也不说。

众人悲痛地流着眼泪，雷石柱沉痛地说："他们在敌人刀下没低头，死了也是光荣的！张忠老汉舍命救了全村人，够得上个英雄！咱们活的人光哭不顶事，要替死了的英雄报仇！"

政府听说康家寨受了敌人的糟害，专门拨出慰问粮款，靠山堡的乡亲们又自动凑了一些家什碗筷，由老武引着前来慰问。随后民兵们又开了一个检讨会，总结过失和教训，每天放出坐探，监视敌人。

当初汉家山、康家寨、望春崖、桃花庄四个自然村，是一个行政村的建制，村公所扎在汉家山。后来四个村被敌人蚕食，都沦为敌占区。在老武的领导下，不到一年时间，反掉了维持，瓦解了敌人的蚕食政策，四个自然村除了汉家山据点，全都解放了。为了进一步对敌斗争，行政村改在了康家寨。民主选举了行政、武装、群众团体的领导人。雷石柱当选民兵中队长，老武兼指导员，康明理成了康家寨自然村的民兵分队长。从此，康家寨进一步成为这一带与敌人进行斗争的主力。

李有红捎回情报
关帝庙夺回牲口

被敌人扫荡祸害的康家寨有些村民被杀害，牲口也损失了。在雷石柱打听到被抢走的牛和驴的存放地后，民兵队决定天黑后去夺回来。他们能成功吗？

康家寨遭了敌人的祸害，到了惊蛰，因为缺少牲口，大多数人家的地迟迟开不了犁。雷石柱打听到被抢去的牲口都关在汉家山关帝庙的后院里，就和民兵们商议办法。孟二楞说："咱们去夺回来！这阵咱们有五六支枪了，和他干！"其余的人也都高兴地叫道："他能抢去，咱们就能夺回来！"但有人不无担心地认为，老武不在，马保儿和周丑孩又调到区上学埋地雷去了，人单力薄，不要再有个闪失。康明理说："要说和敌人比人手、比武器，就是加上他们也没敌人的零头多，咱们得用计策哩！我看咱们不能冒冒失失去夺，最好派个人去探一探，看牲口是不是还在关帝庙，有多少牲口，有没有敌人把守。"雷石柱点了点头，说："我也是这样想，就派有红去一趟吧。"李有红说："行！这事好办。"张有义变了个鬼脸说："可不要半路上睡了觉！"李有红笑了笑，匆忙地走了。

天黑后，雷石柱收到李有红捎回的字条，说是今晚他在汉家山村口接应，以扔石头为号。雷石柱看完，马上集合民兵，带上武器，直奔汉家山而去。在村口和李有红接上头后，他悄悄对雷石柱说："都闹清了，你看！山上点灯的那两个碉堡住着日本兵，天一黑就撤了吊桥，不下来了。村西头点灯的那个大楼院，住的是伪联合村公所，东头关帝庙住的是伪军，抢来的牛驴，都在关帝庙后院圈着，日本兵已经把三头牛杀掉吃了。"雷石柱听完，把民兵留在村外，和李有红进村去看地形。他们俩提着枪摸进村子，见从东头过来两个巡夜的伪自卫队。雷石柱拉了李有红一把，忙闪到墙角，这地方魁星楼上的哨兵刚好看不到。雷石柱他们贴着墙立着，等那两个巡夜的过来时，雷石柱和李有红两支枪一齐伸了出去，对着那两个人的胸口，压低声音喊道："不准叫喊，要喊就打死你！"那两个伪自卫队队员吓得跪到地上求告道："好八路爷爷哩！咱们是好老百姓，日本人强迫干的呵！"雷石柱忙拉起来和气地说："不要怕，我们只向你们打听件事情。跟我们到村外来！"那两个人乖乖地跟着来到村外，到了民兵隐蔽的地方，雷石柱查问了一顿村里的情形，和李有红说的一模一样。又问他们："关帝庙后院有没有哨兵？"那两个人说："哨兵是没有，只有两个喂牲口的警备队队员，其余人都在前院住着。"雷石柱听了，便和大家计划怎样进去，怎样收拾那两个喂牲口的，怎样赶上牲口走。

这时虽然已是春天，但夜里还是很冷。民兵们伏在地上，腿都冻麻了，又不敢烤火，又不敢踏脚，只好耐着性子干冻。一直等到头鸡叫，估计魁星楼上的哨兵也撤了。雷石柱对那两个伪自卫队队员说："今夜我们要夺关帝庙里的牲口，明天敌人知道了，你们俩的脑袋也保不住！我看把你们俩捆起来吧！明天敌人要查问，就说被八路军捆住了，不能报告。"两个伪自卫队队员听了感激地说："这可是个好办法，我们正愁明天没法交代咧！"当下，民兵就把他们俩绑在村边树上，雷石柱又派张有义领了

一个民兵去通往碉堡的路上埋伏，如果日本兵出来，截住就打。他亲自领着其余的民兵，一直绕到关帝庙后院西墙外，然后停下来。

民兵们抬头一看，见院墙有丈数高，后门倒关着，雷石柱叫武二娃站在二楞肩上架起去。武二娃爬上墙头，见北面有一排牲口圈，牛驴饿得"哞哞"叫喊着等人喂草。武二娃正要溜下去开门，忽然对面房子里点着灯了，一个人提着灯笼出来，走到槽跟前照了照，骂骂咧咧地朝屋里喊道："张万胜，起来切草，明天让上士看见没草，又要挨耳光了！"屋里答应着又出来一个人，两人便切起草来。

武二娃看到这个情形，只好下来。李有红想起庙门前有一堆干草，就想下一个调虎离山的计策，雷石柱称赞是好主意。李有红弯腰走了不一会儿，只见庙前火光冲天，有人大声喊道："着火啦！快救啊！"接着听见前院里的伪军乱喊乱叫，门被摔得"砰砰"乱响，后院那两个切草的伪军，也慌慌急急地跑去了。前边人声嘈杂，好像天塌地裂，后院却鸦雀无声了。武二娃乘机翻墙跳进院里，开了后门，又把通前院的小门关了。民兵们一齐拥进去，把所有的牛驴拉了出来。雷石柱派三个民兵把牲口往康家寨赶，他带着几个在后边掩护。一出村，埋伏的张有义他们也来了，看到那许多牛驴，高兴地说："我们还以为没闹成，叫敌人发现了。"

民兵们赶着牲口快到康家寨时，太阳刚出山，远远望见村口站着一大群人。张有义背着枪骑在牛背上，得意地唱开了小曲："骑白马，民兵天天打胜仗，鬼子汉奸命不长呼嗨呀，哭爹哪个又叫娘！"李有红打趣地说："张有义，你是表现什么哩！"别的民兵也笑着说："唱得高点，要不姑娘们听不见！"张有义被众人说得有点不好意思，跳下牛背笑着说："连唱小曲曲的自由也没啦！"村上的人见民兵们夺回了牲口，个个笑逐颜开，纷纷夸奖民兵们有本事。

夺牛胜利奖地雷
民兵积极学埋雷

学习埋地雷的马保儿和周丑孩回了康家寨，带回了区上奖励给康家寨民兵的十颗地雷。民兵们十分开心，雷石柱趁机鼓舞士气，他的妻子吴秀英更是主动要求学习埋雷。

学习埋雷的马保儿和周丑孩回来了，还带回区上因为夺牛胜利，奖励给康家寨民兵的十颗地雷。民兵们听说了，都跑来看稀罕。众人七手八脚^①地摸着地雷说："这就是那地雷呀？这怎么使用哩？"马保儿仔细给大家讲了拉雷和踏雷的原理和埋设方法。张有义听完说："我总觉得不如步枪得劲儿，步枪能找上门去打敌人，地雷是死等，敌人不到上面就没用。喂！马教官，你说是不是？"说着向马保儿变了个鬼脸。马保儿脸红了一下，说："你再挖苦人，我就揍你！"张有义嘻皮笑脸地说："喏！刚当了教官，倒耍官僚架子啦！"李有红说："看你兄弟俩，张有义像只麻雀，吱吱吱喳喳喳；张有才像个哑巴，一天说不了十句话。你们俩最好捣烂和起来，重回一下炉！"说得全屋子的人都笑了。

微词典　①七手八脚：形容人多手杂，动作纷乱。

　　雷石柱见大家扯得走了题，插嘴说："别扯远了，还是说地雷吧！我看张有义刚才提的那个问题，倒是应当研究清楚，要不然，好像地雷没用处。"马保儿接着说："地雷的劲儿可大啦。咱们民兵是保卫村庄的，多埋地雷，炸得敌人进不了村，可比一两支步枪顶事！"雷石柱补充道："地雷咱们后方能造，要多少有多少，咱们都学会埋雷，将来再把全村人都教会，家家都埋，敌人走到哪里也占不了便宜。"

　　一席话说得民兵们都兴奋起来了，都要求快点学会埋雷。马保儿、周丑孩和雷石柱领着大家就在院子里当场实际操作起来。吴秀英起初站着看众人埋，随后也要求试着埋。雷石柱笑了笑，说："学吧，大家回去，最好把家里人都教会！"吴秀英刚拿起一颗地雷，张有义故意吃惊地叫道："看！炸了！"吴秀英说："我才不怕你吓唬。没有爆发管还能炸了？"人们见吴秀英动作很熟练，都称赞她聪明好学。

全村变工闹生产
保卫春耕有招数

　　夺回牲口后，康家寨组织了十二个变工组来保证春耕的进行。雷石柱带回了汉家山据点里的敌人数量增加、敌人可能会扰乱春耕的消息，以及一个老武替他们想的好办法。保卫春耕的斗争开始了。

　　为了保证春耕，村上以牛驴为中心组织起十二个变工组。每天早晨打过生产钟以后，民兵们就到前边去警戒，变工组便一群一伙相随着上地动弹。娃娃妇女们也参加了送粪、点籽等工作，很快村子周边的地就种得差不多了。

　　这天晚上，雷石柱从区上开会回来，说是汉家山据点，猛然增加了一百多敌人，乱抓民夫，在村周围修围墙，恐怕还要出来扰乱春耕。人们听了，不安起来。有的主张先抢种靠近汉家山据点的那百十来亩地，有的认为离据点那么近去种，担惊受怕的。康天成老汉说："这年头，少种上几亩吧，打的够吃了就行啦！"马有德老汉地少，便反对道："政府叫扩大生产，种的光顾自己吃，军队、政府吃啥哩？你们近处地都够种，说这号话；我们这地不够种怎么办呢？"孟二楞说："先打他个下马威，叫他知道康家寨的民兵不好惹！"民兵们都叫道："对！对！"但有的老汉却说：

"哼！打下马威？小心给我们村惹下祸害吧！"可巧这话叫张有义听见了，跳起来骂道："你们这些顽固坏蛋，谁说民兵不行，谁就是汉奸！"众人谁也不敢再吭气了，有的蹲下抽烟，有的呆呆地站在那里，心中却暗暗骂道："刚打了几回豆子大的胜仗，倒晓不得贵姓啥了！我们的地不种总可以吧？"

雷石柱看到这个局面，连忙解释说："如今我们还不是主动打敌人的时候，主要是保卫春耕。老武给咱们想个好办法：就是几个村闹联防，我们村和望春崖、桃花庄的民兵联成一片，敌人到了哪一村，哪一村就打信号，另外两村的民兵赶快去救应，这样咱们的力量就大了。再说咱们还有地雷，总能保护住村子。"人们听了他的话，都放心地站了起来，说："这么办还差不多，强将手下无弱兵，有石柱子啥也不怕了。"

第二天清早，雷石柱带着民兵们出发了，好像要去打仗一样。当他们爬上牛尾巴梁时，一眼就看见汉家山据点周围尘土飞扬，模模糊糊了，见有几百人在那里修围墙。山顶上那座圆形白色碉堡在阳光下闪着光。过一阵，变工队跟上来，都是三十来岁壮劳力，使的也都是精悍牲口。雷石柱派了两个监视哨，其余的民兵就都参加变工队生产。有的掌犁，有的撒种子，还有的飞舞着镢头在掏地畔。人们都在全力抢耕抢种。

快晌午时分，放警戒的武二娃满头大汗飞跑过来说："敌人出来了，正向咱们这里来！"变工队没有参加过打仗的人有点慌手慌脚，有的扔下牛犁就跑。雷石柱喊道："大家别慌！快把牲口赶到山背里，我们民兵去看看。"雷石柱带着民兵跑到前边山头，趴在乱草堆里看见前面来了二十多个敌人。民兵们把枪都推上了子弹，康有富有点慌乱，把手榴弹不拉火线就扔出去了。雷石柱生气地说："敌人还远哩！至少也隔二里路。怕什么？让他来吧，正好试试我们的地雷。"说着亲自带着马保儿和周丑孩，下沟里去埋雷。

雷石柱他们下到沟里大路上，连忙挖坑掏土，一字长蛇埋下三颗踏雷，用衣裳把挖出来的新土包起倒了，在埋雷的地方又盖上旧土，上边用三个指头点了好多印印，和原来羊走过的一样了。

刚埋好，康明理在山上摆手，三个人以为敌人来了，慌慌急急就往山上爬，赶爬到山上一看，原来敌人从左边小路上走了。这让大家都很失望。康明理提议说："咱们装女人，把敌人引进沟来"。孟二楞马上说："我去！"张有义看他一眼，笑着说："你肯定行，敌人以为<u>牛头马面</u>①出了世，吓也把他吓回去了！"民兵们听了都大笑起来。

这时雷石柱把绿里子夹袄脱下翻过来穿上，康明理也脱掉衫子，露出里面穿的红毛衣，两人头上都包了块白手巾，站起来扭了几步，说："像不像女人？"众人又都笑了起来，都说像。两个人听了，就翻山跳沟向敌人那里跑去。走到敌人屁股后边，雷石柱尖着嗓子叫了两声"嫂嫂"，扭头就跑。敌人一见是花姑娘，在后面紧追，山上的民兵们都替他们捏着一把汗。眼看快追上了，忽然雷石柱和康明理向右一拐，便进了埋雷的那条沟，绕过地雷，一屁股坐到大石头上喘气。敌人追进沟里，见"花姑娘"坐在那里跑不动了，一齐扑了过来，只有五六十步远了，忽然脚下"轰隆隆"，三个地雷一齐响了，敌人死的死伤的伤，鬼哭狼嚎乱作一团。紧接着又是"轰隆隆"两声巨响。一共埋了三颗地雷，怎么变成五颗了？原来前边的敌人踏响了地雷，吓得后边的急急忙忙往回逃命，你撞我，我碰你，前面的挤倒了，后边的便从身上踩了过去，谁知把两颗手榴弹的木把踩断，炸了，又炸伤了几个，没死的一溜烟逃跑了。

📖 微词典　①牛头马面：迷信传说阎王手下的两个鬼卒，一个头像牛，一个头像马。后借指各种阴险丑恶的人。

　　山上民兵见敌人跑了，孟二楞领头，打着呼哨一齐扑下沟去抢胜利品。雷石柱生怕敌人来个"二反长安"，扯开嗓子叫喊，叫他们留下一些作掩护，民兵们哪里还听得见，紧叫慢叫，早已扑下沟来了。雷石柱只好一个人又爬到山上去监视敌人。

　　沟底都是火药气，炸倒的六七个敌人，横七竖八地躺在路上。孟二楞首先去找隐藏的敌人，其他民兵却一窝蜂似的扑过去捡东西。张有义正抢拾纸烟，看见石头上放一件日本大衣，便拿了起来，谁知是康有富刚放下的，康有富上前一把扯住大衣，瞪大眼睛说："是你拾的？炕疙瘩里拾老婆，早就有主了！"张有义挺着肚皮骂道："谁说是你的？你把它叫答应。哼，老子拼上命打下的江山让你坐？"两人互相骂着，拉扯着，真是铜盆

撞了铁扫帚，谁也不让谁。只听得"哧"的一声，把大衣扯成两半了。

雷石柱虽然对地雷战的胜利很满意，但对大家不听指挥的表现十分不满，又听说康有富和张有义为争胜利品打了架，更是生气。他觉得加强民兵们的教育是很有必要的。

民兵们接连召开了几次检讨会、学习会，大家都认识到加强纪律性的重要性，认为发洋财的思想要不得。张有义也检讨说："我打架不对，这个以后得改！"康有富虽然没吭气，心里却觉得自己委屈。

登报民兵受鼓舞
雷石柱化解矛盾

《晋绥大众报》刊登了康明理写的保卫春耕的稿子，民兵们大受鼓舞！区上号召展开全民爆炸运动，雷石柱积极组织大家学习。然而，在这次全民学习埋地雷的运动中，意外出现了。

康明理把这次保卫春耕闹爆炸的情形，写了一篇稿子，送到报社。过了一个多星期，《晋绥大众报》就把稿子登出来了。全村人听了，非常高兴。有的说："我们村这事也上了报啦，全边区的人，连外国怕也晓得了吧！""可不是！这以后可要好好闹哩！"民兵们更是高兴得很，每天饭都顾不得吃，一心一意练习埋雷。

区上号召开展全民爆炸运动，雷石柱开会回来就传达上级意思，有些民兵却不是很积极。马保儿对雷石柱说："开展全民爆炸，这个愿学，那个不愿学，可麻烦啦！依我看还是光民兵干倒清利，多练两套技术，把全村保卫住，还不是一样？"武二娃说："说得不入板！你没听中队长刚才说，全民爆炸是要叫人人都学会才算哩！"孟二楞接住话茬说："要是都能学会，还要我们民兵干什么？早些解散吧！"康明理正正经经地说道："只要咱们耐心教群众，保险能教好。你看人家吴秀英，捎捎带带就把埋雷学会了。"张有义说："人家那是铁棒敲钟——灵锤锤。"这个一言，那个一语，说了阵闲话，吵嚷了一阵，谁也想不出个好办法。

这时，村公所通讯员从区上送公事回来了，带回一卷报纸。康明理见报来了，便急忙拿过来拆开看，看着看着，忽然欢喜地叫道："这可是个好办法！"众人一听，就都围过来。康明理告诉大家，报上登出先进经验，要劳武结合。就是把民兵们编在各个变工组内，上地时都带上地雷，休息时就练习，一有情况，变工组就成了爆炸组。大家听了都说："就照人家那个办法吧，那就不错！"雷石柱见众人也说不出什么新办法，便提议男人以变工组为单位学，妇女以纺织组为单位学。接着又把民兵分配在各变工组，做埋雷教员。张有义说："我来教妇女吧！"李有红捣了他一拳说："你还是教男人吧，怕你出乱子咧！"

第二天，按照昨天的规定，民兵们除了放警戒的，都随各变工组上地去了。他们都带着地雷，休息时就抓紧时间教大家。可是十个指头不一样齐，各人有各人的想法，有些人愿学，很热心；有些人思想没打通，就不学。

有一天下午，雷石柱正在村公所院里试验打石雷，听见外边张有义说道："走！你们这些老顽固，见中队长去！"一个老汉的声音说："走就走，中队

长也是个人，他也要说理咧！一口把我吃不了！"雷石柱忙停下手里的营生，抬头一看，见前边进来的是张有义，怒悻悻的，后面跟着两个老汉，一个是康天成，一个是李德泰，最后还跟进来一些看热闹的小孩。

雷石柱把他们引到房子里，问道："这是怎么啦？""怎啦？"张有义斜了蹲在地上的那两个老汉一眼说，"今天不把这些顽固家伙治一治，我这教员就不当啦！我们变工组讨论下，每家买一颗雷，上地时带上学。人家都买了，就是他们不买。不买就不买吧，好好学也算。到歇下的时候，众人都学埋雷，他们俩就不学，坐到地畔上抽烟说闲话咧！大家刚学了一下，他们俩就喊要干活，有他们两个什么也弄不成！"张有义说完，李德泰老汉站起来说："你说完啦？不怕，有理不在高言，山高遮不住太阳。我给你说，那天你叫变工组的人限三天都买下地雷，我们说那是个地雷，又不是颗鸡蛋，那样容易买？到这阵还不过七八天工夫，你天天说我们是老顽固！再说你教大家学埋雷，一学就是半天，我说了句把工夫可耽误了，你就说我破坏爆炸工作，给我盖了顶'特务'帽，我可担不起这罪名！我是有一句说一句。"张有义凶狠狠地说："都是你的理！"扑上去就要拉扯李德泰。雷石柱制止道："你这是什么作风？打人骂人不是革命作风！"张有义退到了一边，李德泰说："你们看吧，在中队长面前还打骂人！这有多厉害！"雷石柱把张有义批评了一顿，然后转过身来说："德泰叔，这事主要是我们民兵不对。不过开展爆炸也是为了打日本人，保卫咱们全村人。你们也要好好想一想，不学埋雷，还说二话，这可就是你们的不对！"雷石柱这么一讲，那俩老汉也觉得对，不过总认为地雷作用不太大，于是说道："人过三十不学艺。老了，手脚也不灵便了，叫人家年轻人们闹吧！"雷石柱又解释了几句，算是把这场风波平息下去了。

当晚，雷石柱召集民兵开会了解情况。民兵们反映各组都有些不愿意学的人，各组多少也有争吵的事情。雷石柱想了想，觉得这样下去不好，便告诉大家说："以后谁不愿学就算了，不要强迫都学。强迫不抵事，咱们要多说服，另外还要用事实教育。"民兵们听了，有的心里很不舒服。张有义说："当初就不该教老百姓嘛！"雷石柱说："这样说很不对！不愿学的只是少数老汉们，大部分人还不都是很热心地学吗？看我们村的妇女，多起劲儿！"康明理忙接上补充道："妇女不但学埋雷很起劲儿，而且还扫硝土哩！"正说间，吴秀英来了，对康明理说："人都到齐了，快教去！"民兵们说："妇女劲儿倒不小，我们男人和她们比赛比赛！"吵嚷着便都散了。

汉奸康锡雪密谋
中计三村起误会

康家寨的民兵发展得越来越好了，汉奸康锡雪也因此收到了日本人责骂他的信。于是康锡雪开始密谋破坏民兵工作。

康家寨的民兵越闹，力量越大。康锡雪又接到日本人暗暗送来的信，骂他不忠实。康锡雪上贼船容易，下贼船难，夹在中间，心里焦愁万分。这天见康有富担着水进来，一脸的不高兴。康锡雪的无名火，顿时被勾起来，正想发作，转念一想一定有根由。于是他显出几分亲热的样子，问道："谁欺侮你啦？"康有富本来一肚子委屈，听到关心自己的话，就抽着肩膀哭开了。原来康有富在变工组说凉话，张有义不让他，两人又打了一架，又受到众人批评。康锡雪乘机挑拨说："人家那些人，都是狐狸精转的，心眼儿可稠啦。人家是一伙的，专欺侮你哩！有富，别哭啦，以后给他们硬些！"停了一会儿，康锡雪把光溜的脑门儿摸了几下，又说道："实说吧，全村也只有叔叔我是你的亲人，你看你这么大啦，连女人也没娶过，民兵们谁管过你？他们就是会欺侮你。娶媳妇的事，我可给你操心哩！"正说着，小算盘从门外进来叫："有富，今儿咱们吃糕，你快给推米面去！"康锡雪说："改日再闹吃的吧，有富今日心上不好活！"小算盘道："有什么不好活？雇下长工不用，叫白挣工钱……"小算盘还要说下去，见康锡雪示了个眼色说："你——"才转身走了。

康锡雪的大儿媳，因男人几年不在，是个不守妇道的人。见康有富是个年轻后生，几次三番想办法勾引他。这天，她对康有富说，有两张日本人的美人照，想看就晚上来。康有富心上也有七分明白，可又抵不住诱惑。晚上，康有富把水担罢，便溜进大媳妇房子里，假意要看相片。那媳妇说了声："你来看！"呼一下吹了灯……

突然，门"砰"的一声被踢开了。康锡雪一手提盏马灯，一手拿根棍子站到门上喊道："康有富，好！你做的好事！"康有富顿时吓得不知如何是好。大媳妇这时也把脸一翻，哭着说康有富欺侮她了！康锡雪睁圆眼，用棍指着康有富说："你是民兵，强奸良家妇女，这是犯了刑法啦！见政府去！"康有富吓得捣蒜似的磕头，求告道："好大叔哩！我再也不敢了，由你处罚我吧！千万不要送政府哇！"求告了半天，康锡雪假装叹口气说："咱是门第人家，也不想丢这个人。不过，就看你是不是真心悔过。"康有富听见改了话头，连忙又磕了几个响头答应道："好大叔哩，只要你救了你侄儿的命，慢说一件，就是十件八件，我也尽心尽力替你老人家干。"康锡雪道："好！有富，这是你说的，翻口就要你好看！"接着就让他三更时分去点着三村联防信号。康有富心中十分熬煎，低着头不说话。康锡雪就威胁说，这是对他认错程度的考验。

三更时分，康有富听见窗子上敲了几下，康锡雪的声音喊道："有富，快去吧！"康有富只好起来，心中<u>忐忑不安</u>①地扛了一捆柴草，开了后门出去。他绕过哨位轻手轻脚地摸到村外，一气爬到村后山顶，匆匆忙忙点了两堆大火。

📖 微词典　①忐忑不安：心神极为不安。

073

这夜，在村口放哨的是马保儿，见村外山梁上起了火，慌慌张张地跑回村通知雷石柱集合民兵。孟二楞听到招呼声，上衣都没来得及穿，光着膀子提着枪，带领四五个民兵，率先冲上山头抢占地形。

民兵们四下一看，月光很明亮，静悄悄的，连半个人影也没有。大家就问马保儿是谁打的信号，马保儿也说不出个究竟。雷石柱说一定要查清原因。孟二楞往火堆旁一坐，一边烤火一边生气地说："贼走了才拴门哩！"人们正在忙着追查，忽听孟二楞大喊："敌人来了！"众人借着月光，看见前面山坳里跑下一伙人来。雷石柱把手一扬说："大家准备，等敌人下了沟就打。"民兵们都隐藏的隐藏，卧倒的卧倒。

孟二楞性急，爬了一刻，没等到对面的人马过了沟，忍不住"砰"的一枪打过去，其他人听见开了枪，便也"砰砰"地打起来。正在这时，雷石柱看见通桃花庄的山梁上，也隐约下来一哨人。忙喊住众人停止打枪，回头和康明理说："恐怕是望春崖、桃花庄的民兵，看见点着火来了吧？"康明理看了看，也不敢断定。马保儿自告奋勇去探究竟。

不一会儿，马保儿领着望春崖的一个民兵上来说："我们打了自己人，一个人头上挂彩啦！"孟二楞一听，气得从地上跳起来说："老子抓住点火的人非千刀万剐了不行。"过了一阵，桃花庄的民兵也从上面梁里下来，跑得满头大汗，一问说是没有敌人，都泄了气，批评康家寨民兵不负责任。雷石柱心中也很难受，给两村的民兵说了些好话，大家这才各自回去。

走狗奸计绝后患
民兵被困老虎山

康锡雪威胁康有富，成功让民兵队吃了亏，但他想斩草除根①。因此，康锡雪再一次行动了。他和被放回来的康顺风一起想出了一条奸计。

虽然这次民兵们吃了亏，但康锡雪总想斩草除根以绝后患。这天晚上，康锡雪家窑门轻轻一响，闪进康顺风来。原来他在区上假坦白一气，就被放了回来。康锡雪和他一拍即合，当下想出了一条一网打尽民兵们的奸计。

第二天黑夜，正值康有富放哨。三更时分，他依照康锡雪的吩咐，满村乱吼乱叫："敌人来了！敌人来了！"村里民兵们听见叫声，立马背着武器跑来集合。康有富假装着急地说："桃花庄派人送来情报，说汉家山敌人要来包围我们村子。"这天雷石柱和老武去区里开会还没回来，康明理从康有富手里接过情报条子，划着洋火看了一看，说："石柱哥临走吩咐咱们的任务是保卫村子，不主动地打硬仗。"孟二愣伸手把情报夺过去，

微词典　①斩草除根：比喻彻底除掉祸根，不留后患。

几下撕了个粉碎，说："去你的吧，怕什么？我们去打他个伏击再说！"趁势，康有富也插嘴说："敌人来了，老虎山是个好地形，早占山，打个好埋伏。"民兵们也都嚷着要打，康明理见大家战斗情绪高涨，也随着说了声："打就打！"就叫李有红去放火打信号，他率领全部民兵，去抢占老虎山地形。

这老虎山梁离村子只有五里，山顶上有座有围墙的古坟，三面临沟，只有一条小路。张有义高兴地说："好地形，有障碍物，这回可打个痛快吧！"话还没说完，右面山梁上，"轰"的一声，流星般地划空飞过一颗炮弹来，康明理赶快大叫一声："快散开！""轰"，炮弹已经落在脸前的地里。火光中，掀起一人多高的尘土。紧接着，左面山上敌人的机关枪也响了，子弹"嘶嘶"，如飞蝗一般，在身边乱飞。

原来那天康顺风让他老婆带着康锡雪的信，和日本人定下计谋，敌人便派来三十多个人，带两挺机枪和两个掷弹筒，早早埋伏在两面山上，专等民兵一来，就两面合击。

康明理看到这情形，就知道中计了。又不见其他两村联防的民兵来接应，知道是那天闹了误会的缘故，心里很慌。他忙叫大家赶快突围。大家一听他喊，都飞奔着从小路向下突围。谁知敌人早把小路用火力封锁了，民兵们只好退回来。这时左面山上敌人的机枪"嗒嗒嗒"地响个不停，张有义气得浑身冒火，说："妈的！老爷一枪打你个哑巴！"趴在石碑后面，瞄准火光那里就是一枪，只见那挺机枪，应声就哑了。

这时，背后山上有汉奸喊道："快投降吧！"孟二楞往起一跳，也喊道："卖国贼，你再叫，二老子割断你的舌头！"敌人的枪炮声又响成一片，民兵们也不示弱，借着松树、围墙掩蔽，向敌人打排子枪……

天亮了，敌人的枪声突然停下来。康明理一想不对，便匆匆地弯着腰跑过去，对周丑孩说："敌人停了枪，恐怕是要冲上来！你快到细腰路上埋雷，敌人一上来就炸！"周丑孩慌忙背了两颗地雷，绕着地边转了下去。

周丑孩把两颗雷埋好，刚隐蔽起来，就见下面已涌上来六个敌人。周丑孩猛力把其中一根雷绳一拉，天崩地陷般的一声巨响，六个敌人应声倒地，像上坡骡子拉的屎似的，顺着陡坡"骨碌骨碌"滚下去了。

不一会儿，又冲上来六个敌人，瞅着踏进地雷圈，周丑孩猛力把雷绳又一扯，爆发管响了，却不见地雷爆炸。他心中疑惑，伸头一看，被敌人发现了，敌人向他直扑过来。周丑孩自知无路可逃，狠狠心从腰里抽出一颗手榴弹，用牙咬开保险盖，拉断了火线，想和敌人同归于尽。

敌人见此情景，急忙卧倒，等了几分钟，不见手榴弹爆炸。起来看时，周丑孩早已顺山梁飞快地跑了上去。原来这也是个意外，那是颗瞎火的手榴弹。

藏在一棵古树后面的康有富，早吓得魂不附体①，枪也丢了，鞋也掉了。他万万没有想到康锡雪叫他干的，原来是这么一件危险可怕的事情！又听周丑孩结结巴巴地说敌人冲上来了，也不辨东西，撒腿就跑。正好一颗流弹穿透他左耳，鲜血顺脖颈儿直往下淌。吓得他更是糊里糊涂闯到敌人怀里，被抓住了。

这时，以坟地围墙为掩体的民兵们，子弹没有了，手榴弹也打完了。见敌人冲上来，就地抓起石块，雹子般打过去。孟二楞眼珠血红，提着上了刺刀的步枪，从围墙后跳出来，三刀戳死三个敌人。刚一回头，身后又冲过来三个敌人，早被一个敌人抓住了他的衣领，孟二楞扭转身来一刺刀，不偏不斜，正从这个敌人的胸膛穿过去。他拔出刺刀来正要刺另一个敌人，一见刺刀弯了，拉开栓，枪里也没了子弹，正在着急，张有义、马

保儿已从后面闯上来，和那两个敌人厮拼。那两个敌人丢开孟二楞，去战张有义、马保儿。孟二楞乘机猛扑上去，一下抱住了一个，一咬牙，便把敌人摔倒在地，举拳打了两拳，不抵事，就地搬起够八十斤重的一面石桌，朝敌人脑袋砸了下去。

民兵们打退了敌人三次冲锋，已是精疲力竭^①，康明理看见只有跳崖这一种突围方法，便带大家离开坟地，刚跑了几步，一大群敌人冲了上来，"砰砰"两枪，周丑孩左臂上挂了花，康三保"哎呀"一声，便直挺挺地倒在地上。大家看到无法突围，又急忙退回坟地里。

敌人直追过来，张有才一刀捅死一个敌人，而他自己也光荣牺牲了！张有义见弟弟牺牲了，仇恨怒火一时狂烧起来，两眼通红，叫道："同志们，我打掩护，你们都往后退！"这时扑来四个敌人，一个抓住了他的枪，一个在他臂上捅了一刺刀，另一个拦腰抱住了他，端着刺刀的一个敌人又向他凶狠地刺来。张有义用了一股猛劲，将抱他的敌人摔倒在地，纵身跳下几丈深的悬崖。

周丑孩被敌人打伤了左臂，刚回转身，又被敌人打伤了右臂，枪也掉在地上。他想："枪是我的命，我人不死，枪就不能丢！"他忍痛拾起枪，挂在脖子上，继续往前跑。突然腿上又中了一弹，倒在地上，眼看敌人追上来，只见他两臂把枪一夹，从山顶滚下了崖底。马保儿被三个敌人围到沟畔，脚下是四五人高的崖，面对虎狼般直扑过来的敌人，他不管高低，一跃身也跳了下去。敌人见被追的三个民兵都跳了崖，便弯回来向坟地里冲。伪军们嘴里呼喊着："捉活的！"藏在一条土墙后面的李有红，急忙起身跳出围墙，跑到几人高的石崖边，把腰一缩，攀住石头缝里的荆条草

📖微词典　①精疲力竭：精神非常疲劳，体力消耗已尽，形容极度疲乏。

根，几下溜到沟底，借着沟渠当掩护，避过敌人火力，突围出来，直往靠山堡村跑去。

隐蔽在松树后面的康明理，见敌人扑了上来，就抓起破砖碎瓦，一块接一块的向敌人头上打去。坟堆后面的孟二楞，把武二娃背的一颗大地雷夺过来，把雷绳套在自己的脖子上，然后两手托着地雷，冲敌人使劲儿扔去，地雷顺着坟堆滚下去，"轰"的一声，在冲上来的敌人堆里炸开了，孟二楞大喊一声"好！"猛听到脑后"八格牙鲁！"的乱叫，他回身一看，后面墙上又跳进来一群敌人，早把康明理抓住了。又有两个敌人去捉武二娃。武二娃空手赤拳，眼看就要被活捉，他把腰一弯，老鼠打洞似的，两只手不住地往身后刨黄土，一时尘土飞扬，两个敌人的眼睛，被土迷得睁也睁不开。孟二楞见敌人只顾用手揉眼，马上猛扑过去，一下抱住了一个，不管三七二十一，张开嘴往那个日本兵耳朵上就咬，连皮带肉啃下来一块。这时，后面又过来五六个敌人，用刺刀逼住，把孟二楞、武二娃捉住，用铁丝捆了手臂，又踢又打，带回汉家山去了。

听了李有红的报告，当下雷石柱随了老武，带了五六个武工队队员，拔脚就回。路上，雷石柱让李有红回村动员担架，他们一行人直接上了老虎山。众人急急忙忙在山上山下搜寻死伤的民兵，在一个泉水洼的稀泥里，找到了微微喘气的马保儿；在半山崖石头缝里，找到了还会"哼哼"的周丑孩。可是众人跑遍了一条沟，也不见张有义的影子。李有红却说："我亲眼看见他抱住枪跳下来的！"众人又分头找了一阵，还是不见。正在着急时，忽然有人站在高处往崖上一看，见半崖一棵树上挂着一个人。李有红攀荆拉棘爬了上去，果然是张有义，急忙用腰带把他从崖上吊下来，扶上担架，抬着回来。

村里人听说民兵抬回来了，都担心地来瞧。刚从区上放回来的康顺风和康家败，也混到人堆里，看见抬回来的死伤的民兵，心里说不出的高兴。于是他们跑到民兵家属跟前，假装怜悯地说："这些娃娃真可怜，咱说一句不好听的话吧，正规部队都打不走日本人，靠你们民兵可抵啥哩？那是茅石板上打滚，寻的往死坑里跳嘛！"被他们这么一煽动，有些民兵家属们都哭哭嚷嚷，跑来找雷石柱要人。

混进据点探情况
李有红遇辛在汉

民兵李有红带着任务，伪装成卖鸡蛋的，进了汉家山敌人据点。他在汉家山还遇到一个人——辛在汉，收获颇多。

负伤的民兵被转送到后方医院，牺牲的民兵入殓开追悼会。安抚好受难家属后，老武和雷石柱又制定了下一步计划。

汉家山据点的外围墙已经修好，把整个村子紧紧围住。最近日伪军刚刚换防，日军仍住在碉堡上，伪军照旧扎在关帝庙里。

外围墙门口站岗的日伪军，人生地不熟。这天，李有红装成赶集的，背着袋米，提着只鸡。守门的伪警见是个拐子，扣留下母鸡，看了看"良民证"，随便翻了翻米袋，便放进了村。

李有红进了村来，直往正街走去，口中一边喊："谁籴米！谁籴米！"一边偷看街上的情形，老远看见关帝庙门口，两三个喝得醉醺醺的日军，跌跌撞撞，嘴里嚷着"托麻鹅的大大的好"，围住了一个老婆婆，乱抢篮里的鸡蛋。李有红看得肚里冒火，正想发作，又想到自己的任务。正在这时，前边走来个老汉，问他米价。李有红忙答道："你给多少就多少！"这老汉姓孙，生性耿直，好打抱不平，他老婆让敌人打死了，和儿子孙生旺靠掏炭过活。见李有红做事爽快，就有五分合了脾胃，随即把他引回家中，米过了斗，便取钱给李有红。找来找去，刚巧差一百块钱。这时他儿子走进门来，生气地说："这炭是掏不成啦！窑上受窑主的气，掏了一个月赚的一千元票子，说拿回来买米，今天进堡门又叫日本人掏走了！"孙老汉是个强性子人，马上气得胡子都撅了起来，就要去找日本人讲理，被李有红拦下。李有红见他们那样痛恨这个世道，就大着胆子打听被捕民兵的情况。

孙老汉长叹一声，说："警备队派各家送稀饭哩，咱们知道他们全是西山上的八路军和民兵。那天我送的饭稠，人家骂我'大大的良心坏了的！'。我和那些鬼子们顶嘴，叫一个伪军一枪把子，把我的头打了个铜钱大的窟窿！"

李有红看看天色不早了，起身要走。孙老汉说："你看，还差你一百块票子哩。"李有红说："下次来再说吧！"孙家父子很感动。

李有红正要出门，迎头碰上穿一身伪军衣服的辛在汉，原来孙生旺和辛在汉是姨表亲。辛在汉看见本村的李有红，惊讶地问道："你怎么来啦？"李有红应付一句："赶集来啦！"又怕他看见"良民证"，露了马脚，急急回身便走，被辛在汉上前一把拖住，拉到院里墙角坐下急问："前几天才换防到这里。一年多没见过我们村一个人，今天见了你，为什么忙着就走呢？"李有红只是心里发抖，不敢回话。辛在汉看出他的心事，便低声说："咱们从小一块儿长大，你倒不知道我是怎样一个人啦？我问你，这阵我家里的人怎样啦？可把我想坏了！"李有红见辛在汉和先前一样，便把他家的事，一五一十全都讲了出来。

辛在汉一听敌人杀死了他全家，哭泣着说："好！李有红，我不报仇不姓辛！"李有红见辛在汉神情坚定，就又把民兵被抓的事说了一遍。辛

在汉吃惊地说："那天我听说抓回些人，没有见面，没想到全都是咱村的。"他心里的沉痛变成了仇恨，接着说，"他们保卫了我们村，帮助了我的家；我辛在汉又不是没有良心，我一定想办法救就是！"说着指着孙老汉的门口，对李有红道："我姨夫脾气直，人可忠厚。以后你就到他家听我的消息！"李有红一听，惊喜地说："原来你们是亲戚，这可好啦！"正说间，外面街上有人喊叫，李有红急忙背了口袋，和辛在汉分手，出的门来，过了岗哨，直向康家寨而去。

康明理忧思同伴
千刑万苦无畏惧

受伤的康明理、孟二楞等四个民兵被带到了刑室。独眼窝翻译官先劝说民兵们投降，而康明理他们坚决不投降。敌人还用了别的手段来逼迫民兵们。后来有一个人帮助了孟二楞四人……

再说被敌人抓去的四个民兵，被关在村东关帝庙大殿的木笼里。里面又黑又潮，又脏又臭，遍地屎尿横流，无处落脚。因为伤痛和疲累，孟二楞、武二娃、康有富三个，一进木笼便伤痛难忍地躺在地上。只有康明理一人呆呆地蹲在木笼里，想着跳崖的同伴，也不知是死是活，心中焦急得好似落到水缸里的蚂蚁一般。

过了两天，正是天黑时分，门上的铁锁"咔嚓"一响，敌人把他们四个全绑了，穿宅过院，带到刑室去审问。进门一看，不禁毛骨悚然①。刑室的地上，满堆着拷打的刑具。正面桌上，点着三支洋蜡，新调来的松本小队长立眉横眼，青面判官似的坐在上面；左边是有名的杀人魔王独眼翻译官；两边是日军伪军，持枪警卫着。四个人被押着一字站开，正等着审

问。不料松本小队长"咕噜咕噜"几声喊，一个日本兵便把他们四个推到桌前，解开绳子。又进来一个日本人，端着纸烟、果子、酒瓶，摆到他们面前。

独眼翻译官笑嘻嘻地过来抓起糖、烟给他们发散，说只要归顺了皇军，就不会亏待他们。康有富手抖腿颤着把纸烟接在手中。康明理心里暗想：是不是乘这机会，假投降了他们，以后瞅机会逃跑？还能……正在这时，只见孟二楞手臂一扬，把糖果纸烟打得抛到半空中。康明理顿时觉得自己的想法很可耻。独眼翻译官眼一瞪，随即气势汹汹地从地上捞起一条三角木棍，照孟二楞就是一棍。翻译官又去问武二娃、康明理，问死问活不说一句话。松本小队长见民兵们这样刚强，拍桌大嚷："通通的！通通的！"几个日本兵马上补上来，把孟二楞、武二娃浑身衣裳剥个干净，倒吊在一个木架上，抡起大棒死命地打开了。不一会儿，他们俩身上的肉成了血棉花一样，血滴不住地掉下来。

独眼翻译官又过来问康明理道："你受得了这苦吗？"康明理一咬牙，心想：受不了也得受，由你们糟蹋吧！独眼翻译官见康明理不说话，一挥手，立刻又上来两个日本兵，把康明理的衣裳剥去，独眼翻译官从炭火盒里夹起一团烧红的铁丝，在康明理脸前晃了晃。康明理镇静地闭上眼睛，扭过头去，看也不看他。烧红的铁丝被放到康明理的背上，冒起一股青烟，反复几次，审讯室里充满了烧肉的恶臭味。

独眼翻译官用手捏住鼻子，走过去问康有富："你投不投降？"康有富早已魂飞魄散，浑身发抖，嘴里只"我我……"了一气，口吃着说不出心里的话。翻译官以为他也是坚决不讲，就命令两个日本兵扯住他的耳朵，用白布罩住头，往嘴里灌辣子水。不一会儿，康有富的肚子，便皮球似的鼓胀起来；敌人用杠子在他肚皮上一压，灌进去的水，又全从口中倒流出来。反复数次，康有富也死了似的，直挺挺地躺在地上喘气。此时，天已三更时分，敌人看拿这几个民兵无法，便又把他们拖回监牢木笼里去。

第二天，四个民兵被连推带拖，押到村南一个广场上，场子里有十几个戴脚链的老百姓模样的人在场子中间挖坑。独眼翻译官上前问道："投降了吧，只有最后一分钟！"孟二楞"呸"的一声，一口唾沫吐在他的脸上。独眼翻译官恼羞成怒，大喝一声："活埋！"

在这千钧一发①的生死关头，辛在汉从旁边伪军中突然跑出，急促地说道："报告翻译官，他们几个是康家寨的骨干民兵，和我同村，留着有大用，我保证能劝说他们归顺皇军！"

独眼翻译官原本想把康明理他们四个拉到刑场，吓他们投降，现在见辛在汉说话态度那么肯定，顿时面露喜色，把他带到旁边，拍着他的肩膀说："事成之后，大大有赏！"

康明理他们四个人，重新被押回关帝庙，这次却被关在后院的一间小房里。他们在刑场上见辛在汉对翻译官讲了那么几句话，又见敌人把他们关进这间小房里，以为辛在汉把他们出卖了，心里十二分气恨。孟二楞大骂道："好你个辛在汉，一年多工夫，你倒变成敌人的走狗啦！"武二娃也说道："他敢来劝我投降，我非一口咬死他不可！"康有富此刻听见众人痛骂辛在汉没良心，想起了自己被康锡雪利诱的事，一阵悔恨，一阵难受，翻身倒在地上，两手捶着胸脯，"呜呜"大哭起来。康明理说："你总是哭！男子汉大丈夫，做事要有骨气，死就死，总不能像辛在汉那样当卖国贼，出卖自己人！"康明理的话本来是借骂辛在汉来安慰他，谁知这几句话，却像钢针似的触动了康有富的心，他更放声大哭起来。

📖 微词典　①千钧一发：千钧的重量系在一根头发上，形容事态极其危险。

奇谋妙计救伙伴
康有富感动坦白

辛在汉到孙生旺家送消息，和雷石柱几个人商量出了营救康明理四人的计划。康有富内心备受折磨，终于说出了康锡雪的事情。

辛在汉探听到日军水峪镇"红部"来了命令，要把俘虏送到关外当苦力去，就急忙到孙生旺家来送消息，正好遇上李有红和雷石柱。这时孙生旺已经成了暗民兵，几个人当下商量好对策。

第二日，汉家山据点内，敌人把康家寨被俘的四个民兵捆到一起，驾了两匹洋马，套了一辆大车，派了十几个伪军和两个日本兵押着，顺着汽车路往水峪镇送去。

一路上，太阳很毒辣，热得就像在头上点了一堆火。走了不到五里路，便人困马乏，拉车的牲口背上已经渗出了汗水。又走了几里，约莫离村十里路光景，忽见南面山坡上，有七八个人舞着镢头在掏荒地。向前没走多远，又见北山上也有十几个老百姓弯着腰锄草。伪军们以为是老百姓生产，并不介意，只顾往前进。押解俘虏的两个日本兵走得又热又困，索性跳上大车，用帽檐遮住刺眼的阳光，车子一阵摇晃，便呼呼地睡着了。跟在后面的伪军也是热得用帽檐遮住额头，只顾吆喊车夫："快点赶路，热死人了！"

坐在马车上的康明理和孟二楞，心里正在暗暗着急，猛听得南山梁上"叭"的一声清脆的枪响，两面山上开荒锄地的人从地上拿起枪来，叫喊着冲下来了。他们俩顿时心中大喜。孟二楞猛力想挣脱捆绳，怎奈浑身伤痛，挣不开。这时，睡在马车上的日本兵迷迷糊糊听见枪响，慌忙跳下车来，指挥伪军们还击。

两面山上，一阵"杀呀""冲啊"的喊声，排子枪、手榴弹，一声不断一声地响起来。有几个敌人被打死了，直直地倒在路上；没有死的丢下马车没命地逃窜，恨不得一步飞出这险地。六七个吓得面无人色的伪军和一个日本鬼子，刚跑到一株柳树跟前，忽听前面有人大声喊道："跑来了！大家不要打，捉活的！"敌人扭转身子，慌忙又往回跑。可是前边是一片开阔地，后边枪打得很急，子弹在头上乱飞。只见侧面有一条小沟，一拥便全往里钻。谁知刚进沟口，脚下"轰隆隆"接连几声巨响，震得周围的树木都在摇摆，直直冲起浓浓一道黑烟，这六七个敌人全炸死在沟里了。

原来这是民兵们设下的"逼敌踏雷计"，沟里埋的是连环雷，只要踏响一颗，其余的就都炸了。

两面山上的民兵听见地雷响声，飞也似的跑下沟来。正好老武和雷石柱从小沟里出来，背着三四支炸坏的步枪，连声说："可炸美啦！一个都没剩下！"说着，都跑到马车跟前。

被捆在马车上的康明理他们，一见民兵们过来，顿时眼睛都明亮了，高兴得齐声叫喊。孟二楞"呼"地跳下车来，雷石柱连忙给他解开绳子。二楞一把抓住雷石柱的手，握得雷石柱的手都有点发麻。他大声说道："哎呀，石柱哥！总算又见到你啦！"笑着，笑着，眼里却滚出了泪珠。

其余的民兵已把另外三个人的捆绳解开了，大家围成一堆，高兴地笑着、喊着。老武提醒大家汉家山敌人有可能追击，大家这才赶快动手打扫战场，一齐往康家寨赶。

　　区上的领导认为康家寨发生的这几件大事不是偶然的，老武和雷石柱他们分析后认为可能有特务搞破坏。现在，虽然康明理他们的伤情都很重，但都很兴奋地讲了一路。只有康有富一声不吭，只是"呜呜"地哭。老武就亲切地问道："有富，你哭啥哩？"康有富抬起头望老武一眼，没说一句话，哭得更凶了。此刻，老武暗暗寻思这件事，觉得大有蹊跷①，便又说道："有富，不要哭了，有什么难受处，你大胆说吧。"雷石柱也说道："有富，咱们都是从小耍大的，谁还不知道谁的脾性！你有什么心

<hr />

微词典　①蹊跷：奇怪；可疑。

事，有什么委屈，讲出来咱们大家商议，不要闷在肚里嘛！"康有富突然不哭了，把头抬起看众人，眼睛红肿得像两颗胡桃。老武以为他是要讲了！盯住等了半天，见他仍然不讲。老武突然脸色一变，厉声说道："康有富，你的问题，我们早就知道了！今天就看你说不说。你要是真正把心里的事都讲出来，还是好同志！你要不讲，有富，你自己盘算吧！"这么一说，康有富一下便跪下来，战战兢兢地说道："我说了你们不会杀了我吧？"老武笑道："不怕！有什么话就说，说出来只要决心改正，政府就能宽大你。"康有富这才把牙一咬，边哭边骂，把康锡雪、康顺风的特务活动从头讲了一遍，民兵们听了，气得脸色都变白了。

老武把背着的连枪一抽，"卡嚓"压上子弹，提在手里，怒喊道："抓特务去！"民兵们跟随老武匆匆往村里赶来。只见康锡雪家两扇大门紧

紧关着，民兵们都跑过去，用脚踢，用棍捅，用石头砸，闹得"嗡隆""冬隆"地乱响，但始终没有人来开门。

康锡雪一听门外这阵式，就知道事情败露^①了，忙和儿子康家败架起梯子，翻墙逃跑了。民兵们立刻兵分两路，一中路去追康锡雪父子，另一路去抓康顺风，最后俩人双双就擒。

第二天，康家寨举行了公审大会，汉奸们就地伏法，群众无不拍手称快。

微词典　①败露：（不可告人的事）被人发觉。

康家寨摆阵杀敌
日伪军粉身碎骨

日本鬼子准备秋季"大扫荡"的情报送到了康家寨里，老武和雷石柱召开民兵大会。民兵们和村民们都行动起来了，而之前不愿学习的人家在敌人到来的时候损失严重多了……

夏去秋来，这天汉家山暗民兵们给康家寨送来一封情报信，外面批着"急如星火"四个大字。情报上说水峪镇和汉家山的敌人都增加了，现在正每天出村抓民夫，准备秋季大"扫荡"。这时正好老武和雷石柱也从区上开会回来，当即召开民兵大会布置行动。老武说道："根据最近周围各据点增兵的情况看来，敌人这次的'扫荡'，规模可能很大，日子也会长一些，我们得有充分的准备。区上开会估计敌人'扫荡'的主要目的是抢粮破坏秋收……"康明理急忙问道："你们讨论了咱们民兵的任务没有？"雷石柱插进来道："讨论了！就是钳制①敌人，掩护群众秋收！"

屋里所有的人马上都兴奋起来！孟二楞把包头手巾往下一扯，挽了颗疙瘩，拍着大腿说道："对的！老子的伤好了，肚里这股仇气还没出净哩，这回可该美美地和敌人算账啦！"马保儿也说道："咱村地雷运动闹

微词典 ①钳制：用强力限制，使不能自由行动。

得这么起劲儿，这回敌人'扫荡'，也该试一试咱们的本事啦！"

民兵的会开完，接着又连夜召开群众动员大会。雷石柱在会上提出"快收、快打、快藏"的号召，全村人个个响应。于是便按战争情况组织起来，不分昼夜地抢收庄稼。男人妇女白天集中力量割，夜晚往野场里背、打，沟里梁里到处是抢收的人们。"劈里啪啦"的打场连枷声，从天黑响到天亮。康家寨的民兵们除一部分参加抢收庄稼外，其余的便每天轮流到据点跟前放坐探。情报一封接一封地往后转送，敌人还是没有动静，人们依旧紧张地收割、打场。

但是这天下午转来一封情报，村中挂的钟立时急遽地响了起来，这声音把人们的心都响乱了。正在吃饭的人家饭也不吃了，在地里的人们都回来了。知道是情况紧了，家家户户不约而同①地行动起来，紧张地埋粮食、封窖子、藏农具，把老人和娃娃，还有铺盖、牛羊往山沟里送……村里只留下一些年轻人，各人都有一点儿当天吃的熟食，准备敌人来时埋雷；如果情况紧急了，随时可以走脱。

雷石柱领着民兵，在村外主要路口上把雷坑挖好回来，大家说说笑笑正往村公所走，迎头碰上康明理的老婆和雷石柱的老婆，正挟着包袱背着铺盖往外走。张有义悄悄地一步跳上去，把枪栓"哗啦"一响，喊道："花姑娘的，站住！"吴秀英吓得打了一个冷战，一看是张有义，便笑着呸了一口道："把人吓死啦！看那灰样子，成天油嘴滑舌的没句好话，活到八十岁也是那股劲气！"康明理上前问他老婆："你们哪里去？"他老婆说："哪里去？往沟里送东西去。你把家丢下不管，好像就都是我的事，要不是秀英帮我，今辈子也闹不出去！"武二娃上来指着她的脚说道："怨你妈给你把脚缠得太好啦，看那双三寸金莲，要是敌人来了，保险当

花姑娘!"说着就学着她走路,引得大家哄然大笑。康明理斜了老婆一眼说:"自家的事老那么当紧,得先招呼妇女把地雷埋上!"吴秀英拉了她一把,说:"走吧,别和这些人多磨牙!我们妇女的事不用你们操心!"说完笑着走了。张有义在后面说道:"哎呀,看把你们妇女提高得连男人都瞧不起啦!"说笑着便一齐回到村公所,商讨晚上放哨的事。

这一夜,情报不断送来,又不断转走,情况一阵比一阵紧了!天不明,民兵们就把村外主要路口都埋上雷,回来又到各家检查了一遍,有的人家把地雷埋在粮窖上,有的埋在门洞里,有些埋得不好的,民兵们就帮着起出重埋。这样一家挨一家地检查,到了康明理的门上,大门闭得紧紧的,孟二楞跑上去要推门,康明理忙一把拉住,用手比了个圆圈圈,嘴巴往前努了努,众人知道是门顶上挂了雷,这才又往下一家去检查。

到了雷石柱家门上,有几个民兵打趣地说:"这是咱中队长太太的家,大家可得仔细检查哩!"说笑着,都进了院里。四周一看,"坚壁"得挺干净。大家正要夸奖吴秀英模范,忽然武二娃指着放柴草的房子说:"我查出缺点啦!"众人朝着武二娃指的方向一看,只见那间房的地上放着个花布包袱。忽然李有红也大叫道:"看那个窗子上还放着个酒瓶子哩!"民兵们一看,就都围着雷石柱嚷叫起来:"中队长真糟糕,尽缺点!"雷石柱笑道:"你们不清楚,那是人家丢下有用意哩!"张有义道:"哈,你想包庇啦!黑夜包庇可以,白天可不行!"雷石柱又笑道:"你们别乱嚷,那是人家埋的雷。"随即把埋法给大家一讲,民兵们都拍着手说道:"哎呀,真是个稠心眼儿的人!想出这么多办法!"张有义说:"妇女真是有两下子哩!以后不能小看啦,要大看哩!"民兵们又哄然笑开了。

全村还没来得及检查完,就听见村前面山梁上,"轰"的一声手榴弹响。雷石柱忙把手一摆,说道:"快!信号响了,赶快组织村民出村!"

民兵们霎时跑遍全村，把没有走的人都督促着起了身，这才分开两伙，出了村，绕着往两面山头爬去。

这天，各据点的敌人同时出动了。水峪镇汉家山据点这一路，日本兵、伪军、民夫、驮骡马匹，共六七百人马，沿着康家寨这一道山梁，直往靠山堡前进。一路上，进一村，抢一村，烧一村，来势十分凶猛。

早饭时分，敌人到了康家寨，只见村口当路有两块石头，挟着一块木牌牌，上面写着四句话：

> 此物生来性子强，
> 十字路口把哨放。
> 鬼子胆敢动一动，
> 送他地狱游一趟。

独眼翻译官上前端详了一阵，心里想这里可能有地雷。但望望木牌下面，只有两块石头挟着，并无埋过地雷的痕迹。正在半信半疑，忽然有个日本兵过来，伸手就把牌子拔起来，又一个日本兵去抢，还没夺到手，挟牌子的石头"轰"的一声爆炸了！在腾空的烟雾中，日本兵倒的倒，爬的爬，地上的鲜血好像杀过猪一样。独眼翻译官侥幸没有被炸死，只头上划破一绽，满脸鲜血直淌，跟跟跄跄地从地上爬起来。敌人司令官慌忙下令停止前进。

敌人的大队人马，通通聚到村口了，好像一条毒蛇似的，盘成一团，眼巴巴地望着康家寨，却不敢前进半步。又过了有半顿饭工夫，敌人才派工兵在前面开路，向村里慢慢行进。

敌人进村后走了一截，见没有什么危险，这才大起胆子，逢门便捣，捣开便进，进去便翻箱倒柜，搜寻财物。富农李德泰的大门被捣开了，家里的瓷瓶瓦罐被打碎了，水缸也被打烂了，五六个敌人用镢头在院里乱刨。埋在墙角粪堆前的五瓮麦子被刨开了，敌人把麦子装了，剩下的把牲口牵来吃，往院里撒，一会儿就糟蹋了个干干净净。闹完了，一个日本兵提个洋铁筒筒，把里面装的油往门上一洒，点了一根火柴，三间瓦房霎时冒起了熊熊大火！黑烟飞卷着，升上高空，和村里别处敌人烧了房子的黑烟融成一片。刹那间，康家寨变成了一片乌烟瘴气的黑暗世界！

这时，另一伙敌人来到了丁字路口的场子里，发现场子上空荡荡的，只有两条板凳放在那里。有几个敌人一涌上去抢着往板凳上坐下休息；屁股还没坐稳，板凳便在响声中随着黑烟尘土飞起来。敌人被炸飞了。

这响声好似一根导火线，震天动地的地雷爆炸声，满村响起来！敌人慌乱了，刨窖的不敢刨了，抢东西的不敢抢了，抢到的也吓得都丢了，满街乱窜、号叫！爆炸声越来越响，被踩蹦①的康家寨，好像变成了一只凶猛的老虎，大声怒吼起来。敌人看着不可能久留，于是吹号集合了人马，往靠山堡而去。

两面山上的民兵，朝着敌人的后尾打了一阵排子枪，见敌人去远了，这才慌忙跑回村里。一部分人救火，一部分人查各处地雷爆炸的情形。

民兵们在全村看了一遍，唯有李德泰的东西，被糟蹋得比哪一家都厉害！孟二楞一见这般光景，立刻生气地说："叫学埋雷硬不学，这下可受用了吧！"灭火的民兵们把火扑熄了，张有义从房上跳下来，瞟了李德泰一眼，说道："你以为骗住我们就行啦！看看是谁吃了亏！自家找苦吃，可不能怨别人！"李德泰蹲在一旁，抱着头直叹气。这次的事教育了那些不愿埋雷的人家。

暗民兵送来情报
钻地道去抓汉奸

汉家山据点的敌人去"扫荡"，只留了一些伪军。主动打击敌人的机会来了！老武从三个村的民兵中选出一些有经验的人，成立了战斗队，准备对敌人发起攻击。

汉家山据点里，大部分敌人"扫荡"去了，只留下少数伪军把守碉堡，白天黑夜都不敢动。老武见这是个活动的好机会，便从三个村的民兵里抽出一部分有战斗经验的人，成立起战斗队，到敌人据点周围去活动。

这天，在前边放坐探的李有红约老武、雷石柱和孙生旺见了一面。孙生旺告诉老武他们，汉家山的暗民兵利用废弃的煤窑，挖了一条直通他家的地道，以后联系可就安全、方便多了。老武他们听了，高兴得不知如何夸奖才好。接着，老武又详细问了汉家山据点里的情形，决定先干掉王怀当。

当晚吃罢晚饭，老武便把民兵集合起来，个个扛地雷背步枪，别斧子带镢头，向着公路出发了。原来今夜的任务有两个：一个是老武和雷石柱带领几个人，进据点抓王怀当；另一个是赵得胜领导其余民兵，破公路割电线。

老武、雷石柱带着进据点的五六个人，轻手轻脚，一阵小跑，转眼便来到汉家山村外。雷石柱又领着大家按孙生旺今天讲的路线，向西南走了一阵，拐进一条小沟。进沟不远，就看见一块很大很大的石头，雷石柱叫众人停下，他去找地道口子。忽然听石头那面的乱草里，有人拍手，原来是孙生旺来接他们了。大家一见，便跟着孙生旺，弯下身子，顺着黑洞爬了进去。里面窄得像蛇洞，爬了约有数丈远，洞宽了，孙生旺擦着一根洋火，在墙上小窑里取出一盏葫芦灯，点着后顶在头上。这时，老武他们才看见顶上和两旁，都是有棱有角的炭，有的地方还顶着木柱子。大家弯弯曲曲走了一阵，地道进入黄土洞了，顺土台阶往上爬，忽然没路了，头顶上露出一块青石板。只见孙生旺伸出手去，在石板上拍了三下。等了一下，"呼"的一声，石板揭开了。孙生旺把上半个身子探出去，两手托住地一撑，便爬了出去。后面的人也照样一个个爬了出来。一看，地道的出口原来是孙生旺家的炉坑。

　　屋里点着灯，孙老汉见老武他们来了，高兴地说："可把我等急了！"便拿过烟袋让众人抽。众人坐下稍休息了一下，孙生旺到外面转了一遭，回来说："动手干吧！"老武和其余的人便跟着孙生旺出了大门。

　　他们穿过一条胡同，入了正街，见前面有人唱着"打牙牌"，一手提盏马灯，一手提个酒瓶，一摇一晃地过来。孙生旺悄悄告诉老武道："这就是王怀当的勤务兵！"雷石柱把手一摆，大家便都躲在墙根下，端起枪，屏住呼吸。

　　那人渐渐走近了，到了民兵们隐蔽的墙根前，雷石柱一闪身扑上去，一脚踢翻了马灯，狠劲儿把那人抱住道："不准叫喊，我们是八路军！"随即把他拉进胡同里。老武过来用手枪逼住问道："你知道王怀当现在什么地方，快引我们去！抓出他来与你无事，不然打死你！"原来这天王

怀当正在料子馆抽大烟，抽了一气，想起了喝汾酒，便打发勤务兵回村公所里取酒。

老武见那勤务兵不说话，便故意把枪机一扳吓唬他。那勤务兵见要开枪，便撒谎说道："村长在村公所，我领你们去！"大家信以为真，便跟着那家伙，往西拐了几个弯，来到一座很大的楼院跟前。老武把大家布置开，便提着手枪，和雷石柱进去，催那勤务兵上去叫村长的门。那勤务兵便到边上一间房门上捣了几下，叫了几声。一刻便有一个人开门出来，老武以为出来的这家伙就是王怀当，伸手过去，一把擒住了领口，对雷石柱说："捆了走！"只见那人吓得浑身打战，变声变调地说道："我是个做饭的，你们抓我干啥呀！"老武仔细一看，看不清面貌，早已闻到衣服上一股油腥气味，忙回头找叫门的那个勤务兵，不料那家伙乘老武、雷石柱捆伙夫的时候，已偷偷地溜开，慌忙爬上楼梯，跳墙出去，一口气往料子馆跑去了。

老武见那家伙不在了，返身出来问孙生旺，孙生旺说："一定是在料子馆'十里麻'那儿过瘾哩！"老武一听，就叫孙生旺领路，飞也似的往料子馆跑去。

王怀当正在料子馆把烟瘾过足，躺在床上和料子馆破鞋"十里麻"，拉拉扯扯地调情。忽听门"砰"的一声，勤务兵气喘汗流地跑进来，上气不接下气地说道："快，八路军进村抓你来啦！"王怀当一听，吓得浑身打战，往起一爬，把摆在身边的烟灯打翻了，屋里马上陷入一片黑暗。王怀当遭此一吓，慌得不知东西南北，鞋也顾不得穿了，赤着脚跑出来，没命地往碉堡跑。

老武他们返到大街上，正好王怀当从前面跑过去。几个人照着黑影紧追，转了几个弯，追了一阵，黑影不见了。孙生旺说："狗养的跑到碉堡上去了！今夜是不行了！"不一会儿，山头上碉堡里机枪"嗒嗒嗒"地扫射起来，老武只好命令大家撤退。出了村子，民兵们朝着碉堡打了几枪，碉堡上的机关枪便打得更凶了。民兵们边走边笑着说："你好好地打吧！子弹也得叫你多消耗几颗！"一直走出二里多路，还能听见碉堡上的机枪不停息地响叫。

汉奸王怀当漏网
炸汽车喜获物资

汉奸王怀当逃进碉堡躲过一劫，虽然这次行动没有干掉王怀当，但还是有喜人的收获。老武他们返回康家寨，但孟二楞和张有义却不见了。他们二人去做什么了？

老武他们返回康家寨，天已明了，正好到公路上割电线的民兵们也回来了，每人身上背着一大捆铁丝，李有红从头到脚，挂满了瓷瓶。雷石柱一查看人数，不见孟二楞和张有义。

原来大家割完电线，天已蒙蒙亮了。孟二楞在望春崖山梁上，看见水峪镇通汉家山的公路上，有十几辆汽车，开到汉家山村东口。于是，孟二楞就拉着张有义要炸汽车。

两个人一人背着一颗地雷，飞快地下到公路上，东瞅西看，只见靠山根的岔沟上，有一座小石桥，孟二楞说："就在这桥上埋吧，两边埋上两颗带火雷，旁边埋上两颗连环雷，汽车只要过桥，总要炸他一两辆！"张有义一看，只有两颗雷，便说："雷不够嘛！"孟二楞傻了眼。

正在这时，奉命找他们回去的李有红正好来了。孟二楞便说："有十几辆汽车要过来，给'扫荡'的敌人运东西。咱们埋连环雷炸汽车，你同

意不?"李有红往汉家山那面看了看,山遮着看不见什么,便说:"炸是可以,地雷不够嘛!"张有义对李有红说:"要干就干!你腿长,快给咱们跑回去背四颗雷来,我们先挖雷坑;石柱哥要问你,就告诉他说我们炸了汽车就回去了!"李有红答应着,迈开腿,一阵风似的跑回去。

约莫过了两顿饭时间,孟二楞他们把雷坑挖好了,看看天色,太阳已升起三四杆子高,却不见李有红回来。两人等得正心急,忽然一阵"嗡隆嗡隆"的马达声,由远而近,声音由小而大,响着过来。孟二楞急得跺开了脚,气得直骂:"坏了!汽车来了!李有红这家伙,除了睡觉什么事也办不成!"马达声越响越大,两人便急忙躲进沟里趴下往外看,可是看了半天,奇怪!公路上空荡荡的,连个汽车的影子也没有。孟二楞诧异起来,暗想:不是敌人有了看不见的汽车吧!谁知他二人急迷了心,睁大眼只看汽车路,不看天上。张有义猛把脸一仰,突然见一架涂着红膏药的银灰飞机,响着从头上飞过去。二人的心,这才一块石头着了地,哈哈大笑起来。

这时,山坡上的李有红背着雷,满头大汗地跑下来说:"刚才的飞机响,我以为汽车过来了,可把我急了一阵子!"孟二楞和张有义一听,想起刚才自己的情形,也一边笑,一边动手埋雷。

埋好了雷,孟二楞把手一摆,三个人便进了沟,趴在山坡后面等着。左等右等,就是不见汽车的影子。张有义有几分不耐烦,起来说道:"回吧,说不定汽车今天不走,这要等到哪一天呢?"正说间,只见汉家山那面汽车路上,刮旋风似的有灰尘飞起来,孟二楞心想:"可不是刮风吧!"正在心中左右猜疑,一股子风吹来,耳边听见了马达声响,接着见汽车路尽头,出现了许多小斑虫大小的东西。孟二楞好高兴,睁大眼死盯住前面,样子好似洞口等老鼠的猫儿一般。

汽车像正月十五的走马灯，一辆跟一辆，飞驰而来，渐渐由远而近，第一辆进了地雷圈，后面的也跟进了地雷圈，可是怎么听不见地雷炸呢？原来他们把地雷埋在两边，距离太宽；偏偏领头的汽车刚好从中间穿过去。后面的汽车因为吃惯地雷的亏，老是跟着前面的车印儿走，当然也炸不上。趴在山坡上的三个民兵，看见汽车已过去了几辆，雷还没炸，真有点哑巴看失火，干急说不成话。孟二愣早急得忍不住往起一跳，就大喊了一声。汽车上的敌人，听见山坡上有人叫喊，一看是几个"土八路"，跳下车来，就向山坡上追过来。张有义见事不妙，立时心生一计，伸手从口袋里掏出个哨子来，"唧唧唧"吹了两声，喊道："准备好手榴弹！"那边李有红眼快，早已把插在腰里的一颗手榴弹，"呼"的一声扔出去。敌人见势不对，以为山后有埋伏，赶快调头上车。不料西山头上，突然"叭叭叭叭"一阵排子枪，急雨般打了下来！鬼子着了大忙，"哇里哇啦"地叫着，有的往车下钻，有的往庄稼地里躲。领头的汽车像一只发了急的牛似的，加足马力向前开，后面没有过桥的七八辆汽车，慌得早忘记看前车的车印，乱开乱撞，正好引着了连环雷，一声声巨响，红火黑烟冲天。有一辆汽车翻在桥下，大米、罐头、饼干和子弹撒了一地。其余的汽车霎时间跑得不见影儿了。

原来李有红回家取地雷的时候，把炸车的事告诉给了雷石柱，雷石柱便带了五六个民兵来山头上配合。孟二愣正为山头上的枪声发愣，雷石柱已经带着一队民兵跑下来，才知道是他们配合打的，就赶快就去汽车上收拾东西。

武二娃找到一捆日本大衣，抽了一件穿在身上，又拣起顶日本钢盔戴在头上，学着日本人的腔调，咧开嘴叫道："八格牙鲁的，东西的大大的有！"见雷石柱瞪了他一眼，忙吐了一下舌头做了个鬼脸，扛着那捆日本

大衣送往后沟里去了。张有义看见满地罐头、饼干，肚里正饿得慌，抓起来就往嘴里送。吃着饼干又拿起一筒罐头，正想用刺刀捅开吃，雷石柱上来说道："你什么时候也误不了吃！你不看别人都忙着搬东西吗？赶快把子弹往后沟里搬，这是咱以后打仗的本钱；不然待会儿敌人出来，一样也搞不上了！"张有义笑着点头答应，忙扛了一箱子子弹，往后沟送去了。

民兵们正搬的搬，扛的扛，收拾胜利品，山头上放警戒的崔兴智、马保儿他们喊道："快！又打西面返回来一股敌人！"民兵们一听，赶快每人扛了一包东西，往后沟里跑去。

这天，老武因为昨天黑夜进据点着了点凉，身上不爽快，一个人留在家里休息。猛听见街上人声嘈杂，出去看时，原是雷石柱领着民兵们回来了，个个都是喜气洋洋，唱着歌，身上背着、扛着、提着很多东西。大伙一齐进了村公所，一查点胜利品，有四整箱子弹，十多件日本大衣，十几袋大米、白面，还有一些杂七杂八的东西。当下民兵们讨论了一下，把子弹交民兵中队长收管，统一分配；大米白面送给烈抗属①，留一部分给民兵们吃。张有义一听说吃，喜得咧开嘴说："我当大师傅，葱花花，油煎煎，鸡蛋捎子大米饭，保险做得清香美味。来吧！"他两只手一拍，便叫周丑孩担水、武二娃烧火，张罗起来。

※ 小讲坛　①抗属：抗日战争时期在抗日根据地坚持抗日的工作人员的家属。

106

有富遇漏网敌人
立功助力新任务

思绪万千的康有富在自责和感动中产生了一个想法，于是，夜色中，他悄悄向汉家山跑去。半路上，康有富在牛尾巴梁吓退了几个敌人，拉着一匹驮着东西的大驮骡回到康家寨。所有人按照计划行动起来了……

连着几天，民兵没有出外活动，每天只是派一个组，到汉家山左近放警戒。其余民兵白天都参加变工组里去秋翻地，晚上仍然集中在民兵中队部睡觉。

一天晚上，民兵们都睡熟了，康有富却像睡在针毡上一样，翻过来倒过去睡不着。他想到自己过去被康锡雪利用当了特务，害死民兵……不由得恨起自己来。又想到村里人不但宽大了自己的罪恶，还给分下五垧地，变工队给帮助耕种。没口粮了，农会互借；衣服破了，妇女们帮助缝补……想着想着，他感动地偷偷哭了。又觉得自己自从参加民兵以来，没办下一件有脸的事。康有富越想越睡不着，越哭越恸，忽然有了个偷偷出去立功的念头，他想："到敌人据点里干一场去，抓不住野猪也捎它个兔子！"于是连忙起来穿上衣服，摸到枪和手榴弹，悄悄开了门，一溜烟向

汉家山跑去。

这时正是十月中旬，蓝莹莹的天空挂着一轮明月，将满山遍野照得清清楚楚。他刚爬到牛尾巴梁上，就见西面半山上下来七八个人，每个人都穿着黄衣服，还赶着几头牲口。康有富不由得吃了一惊，想道："西面是根据地，敌人怎么从西面来了？"看着看着，那些人走近了，他也顾不得细想，忙把子弹推上膛，趴在了地垴后边。

原来这股敌人是"扫荡"晋西根据地的中心兴县时在甄家庄被围歼、打散溃败下来的。他们白天藏在山林山洼里，夜晚偷偷摸摸从小路走，整整走了三夜，才走到这里。

趴在地垴后边的康有富看见敌人过来了，慌忙开了一枪，大声喊道："捉活的！捉活的！"这几个已经被吓破了胆的敌人，以为又进了八路军的埋伏圈，吓得顾不及还枪，惊慌地叫喊着，向汉家山方向逃跑了。

康有富见敌人丢下一头牲口，忙跑过去拉住。一看，是一匹大驮骡，鞍架上头绑着好多牛皮鞋，一头绑着个大木箱。康有富心中十分高兴，拉上驮骡就往回走。回到村公所时，天已大明了。

民兵们一早起来要上地，不见了康有富，正在四处寻找，见他拉着一头驮骡回来，大家一齐围住问道："你做什么去了？让我们好找！这是哪里来的骡子？"康有富得意地说："哈！日本鬼子孝敬的嘛！"接着把前后情形讲了一遍。孟二楞说："好样的！好样的！"雷石柱却正正经经地对康有富说："好兄弟啦，不是我批评你，实在是你这样做不对！临走总要告诉人一声嘛，不然出了岔子连个寻处也没有。"这时，众人已把牲口身上的东西解下来了：三四十双皮鞋，箱子里是一百多个洋铁盒子。张有义高兴地说："这一定是罐头！"说着拿起一盒，揭开盖子抓了一把就往口里放，只觉得又咸又苦，还有股腥臭味，连忙往外吐。众人见他这样子，都来围住看，原来是些黑灰面面。只见那盒子上还贴着一块白纸条，一边写着一行日文。大家看了半天，谁也猜不透是什么东西。

恰好这时，老武从门外进来。张有义拿了一个盒子叫老武看，老武看了一下说："这是敌人的骨灰！"张有义一听顿时一阵恶心，跑到墙角"哇哇"地呕吐开了。张有义呕吐了一气，鼻涕糊了满脸，吐得口干舌燥，忙跑回窑里找水喝。见炉台上放着半盆水，不问三七二十一端起来就喝。刚喝了两口就觉得那水气味不对劲，正在细看，只听得武二娃在后边大声说道："那是康明理的洗脸水！"张有义不由得"哇"的一声又吐开了。李有红笑着打趣说："张有义今天可会了餐啦，又吃外国肉，又喝土造酒，真香美呀！"逗得众人大笑了。张有义也不答话，两手卡住脖子，只管干呕。

老武看到他那股难受劲儿，忙忍着笑声，给了他一些仁丹。雷石柱又给找来些开水喝上，张有义这才不呕吐了。他喘了喘气，不好意思地笑着说："这都是康有富害的！"康有富说："罢罢罢，不说你嘴馋，还怪别人哩！"老武忙岔开话问道："这些东西是怎么闹来的？"康有富又从头说了一遍，并问道："西边是咱们根据地嘛，为什么敌人会从西边下来？"

老武想了想，把手一拍说："是了！一定是'扫荡'兴县溃散下来的。"民兵们急问是怎么回事，老武说："我正要告你们这个好消息哩，看！这是刚来的报纸。"说着从怀里掏出一张《抗战日报》来，只见报上老大的标题写着："兴县地区反'扫荡'大捷，七百余敌寇被歼殆尽。"康明理忙着接过来大声读，民兵们听完兴奋得相互抱住跳了一阵，又乱哄哄地谈论了半天。老武说："这些胜利消息，咱们要大力向敌占区宣传！这些骨灰也可作为宣传品。"大家商议了一阵，决定由康明理和老武在家准备宣传品，晚上去据点宣传。

这康明理找来笔墨纸砚，老武请来二先生帮助写宣传单。二先生一听说敌人"扫荡"兴县被消灭了七百多，高兴地摸着胡子说："灯蛾扑火，以卵击石，能不自毁乎！民国三十一年春天（1942年），'扫荡'兴县，田家会一仗，也是消灭了敌人七八百呀！要是全国的军队都像八路军的话，何愁敌寇不败？何愁国土不复？"说完，就戴起他的硬腿老花镜动手写标语。他写字在村里是有名的能手，这下精神更大了，挽起袖子，提起大抓笔，只见笔在纸上飞舞。康明理抄报上的胜利消息，老武编日文传单，大家都忙活起来。

老武认为这次宣传工作很重要，关系到汉家山暗民兵的发展壮大问题，就决定自己亲自去一趟。吃过晚饭，老武叫来李有红，两人把传单和骨灰盒分开背上，带上武器，往汉家山去了。

赶二更多天，来到汉家山村外。两个人爬进了地道，钻了足有一顿饭工夫，按约定的暗号从孙生旺家炉坑钻出。

一看，孙生旺家里炕上点着灯，窗子用被子蒙着，灯周围坐着三个人，面孔都很生。老武正在暗暗吃惊，孙生旺笑着说："你们真来了个巧，我正和我们村的暗民兵开会哩。"这时，炕上坐的人也都站起来，叫老武他们上炕，老武和李有红便坐上去。孙老汉把烟袋递给老武，便到门外站哨去了。

孙生旺把老武和李有红与汉家山的郝明珠、辛有根、刘三丑相互作了介绍，老武和他们一一握了手。孙生旺接着说道："我们讨论了一个对付汉奸们作恶的办法，计划用红黑账警告他们！"老武又问红黑账是怎么回事，孙生旺便用嘴朝辛有根那儿指了指，辛有根说道："这办法是我想的，不知行不行。我想，以后这些大汉奸小汉奸，谁干了恶事，就给他写个白纸帖，这叫黑账。贴到街上叫众人看，那些做恶太多的，看见自己的帖子多了，怕将来没好结果，也就不敢再多干恶事了！要是谁干了好事，也给他记一笔账，写个红帖子贴在街上。这法子你看好不好？"老武连连点头说："好办法！不错！不错！只是这红账怕不能往街上贴，要是贴出去让敌人看见，知道了谁干好事，那不就坏啦？"大家一听老武说得对，于是说："红账不要贴，留到咱们手里！"

　　说到记红黑账，孙生旺马上谈起伪联合村长王怀当和密谋组长巴三虎合谋欺压村民的种种罪行。老武听后气愤地说："这些仗着鬼子势力欺压百姓的汉奸，决不会有什么好下场！这次鬼子'扫荡'，在兴县甄家庄就被咱消灭了七百多！"大家听了，情绪很高。老武用烟袋锅指了指背来的两包东西，继续说："这些就是咱们的宣传单和截下的敌人的骨灰盒子。"辛有根说："日本鬼子打了败仗，回来还要说他们是大大的胜利。听伪村副郝秀成说，后天日本人要开庆祝胜利大会哩！"老武笑着说道："我们正好趁敌人开庆祝大会，把这些东西散出去，揭破敌人这些阴谋诡计！"孙生旺他们几个听了，都很兴奋。老武又谈了一些继续发展暗民兵和对敌斗争的方式方法。很快灯里的油又要干了。老武看看时候不早了，起身要走，刚到了地洞口，又想起了什么似的，回过头对大家说道："散宣传单这工作，要干得快，但千万不要闹出乱子来！"众人答应着，老武和李有红才从地道钻了进去。

散传单遇郝秀成
传单破坏敌计划

汉家山的敌人据点里，孙生旺和郝明珠几个暗民兵按计划行动着。夜色中他们张贴传单，放骨灰盒子。第二天，汉奸王怀当发现传单，报告给独眼窝翻译官，敌人的大会不得不取消了。

第二天黑夜，自卫队里凑巧轮上孙生旺巡夜。原来孙生旺和郝明珠几个暗民兵，在自卫队里编的是一组。这天吃过晚饭，孙生旺早早去到联合村公所报了到，领上巡夜的武器，回来穿了件布袍子，腰里扎了根腰带，把传单都塞在腰里，便去了。

太阳一落，人们便不出门了，街上格外冷清。孙生旺他们转到二更多天，见各家各户窗纸上都没了灯光，才凑到一块儿动手干起来。刘三丑抱着浆糊桶子，辛有根和郝明珠背着骨灰盒子，大街小巷，他们把传单牢牢贴在墙上，骨灰盒子便摆在传单下面。

闹到三更多天，骨灰盒都散完，传单还剩下一部分。孙生旺说："我给咱把这几张散到村公所里去！"众人说："可不要碰上王怀当给咱闯下祸！"孙生旺说："不怕！听说那坏蛋叫民兵抓过一次怕了，这几天搬到碉堡上去住了，村公所就剩下我表兄郝秀成。我有办法！"正要走，忽然

辛有根拉住他说："哎，坏了！敌人明天发现传单，一定要追问咱这些巡夜的，这怎办哪！"刘三丑和郝明珠也吃惊起来，说："哎呀！这可是个问题！"孙生旺踌躇了一下便说："有办法！刘三丑，你家里不是有两颗手榴弹吗？你回去拿来，到围墙跟前把它打了！明天敌人要问，就说八路军黑夜又摸进来啦！这不就哄过去了？"大家都觉得这办法不错。刘三丑返身跑着回去拿手榴弹，孙生旺一个人往村公所走来。

村副郝秀成正在房里赌气喝酒，嘴里不住地骂着王怀当，发泄不满情绪。孙生旺见大门没锁，就轻手轻脚地进了院，正巧听到，但不知郝秀成为什么骂，于是赶紧返出大门外，假咳嗽了一声，放重脚步，重新走了进去。村副听见门响有人进来，在房里喊道："谁?"孙生旺答道："我！巡夜哩！"村副说："是生旺吗？你进屋里来！"孙生旺推门进去，扑鼻一股酒味袭来。村副喝得满脸通红，走路也有点东歪西倒的样子。他斟了一盅酒，递给孙生旺说："来！表弟，喝一盅！"孙生旺有点惊异地问道："六月里下雪哩，真是稀罕事呀！从来也没见你喝酒，今天这是怎么啦?"说着接过来，"吱"一口喝了。郝秀成把酒壶又送过来说："自己倒吧，人心上不舒服，想喝两盅！"孙生旺又问道："今儿到底为什么事这么不舒服?"郝秀成叹了一口气道："唉，王怀当在日本人面前奏了一本，说我私通八路。老天爷！你说我冤枉不冤枉？恐怕咱想和八路军联系，人家还不要咱这些给敌人办过事的人哩……"

孙生旺知道他的这个差事，原本就是被迫干的，有心趁势劝他几句，又怕他是一时的气话，就只随口附和①了几句。郝秀成又说道："反正我看他们也凶不了几天啦！我当了这么个汉奸村副，将来可怎办哪！"孙生

📘微词典　①附和：（言语、行动）追随别人（多含贬义）。

旺听他这么讲，估计他是愁自己将来的出路，于是便说道："我听从西山里回来的人说，那里八路军讲宽大哩：对待给日本人办过事的人，除了罪恶大的，一律不杀。"郝秀成说："好！好！那咱们这些——"

正说中间，突然街外远远"轰隆""轰隆"地响了两声。郝秀成打了个冷战，吃惊道："这是哪里炮响啦？"孙生旺也装作惊慌的样子道："准是八路军又进来啦！快，我要回去啦！"刚一出门，就听见碉堡上的机枪"嗒嗒嗒"地叫起来。孙生旺说："是哩，八路军又进来啦！听碉堡上也打开啦！"他出了门，走了两步，从身上摸出一把传单，往院里一撒。然后站住喊道："秀成哥，你看院里这是什么？"郝秀成出来看见满地白花花的都是方纸块块，他拾了几张，跑回屋里在灯下一看，不禁惊得大声叫起来："哎呀！这是八路军的传单哪！怎就到了这院里啦？"又扭头问跟进来的孙生旺说："你刚才进来的时候，院里有没有？"孙生旺说："没有哇！说不定就是刚才咱们在家里谈话，人家悄悄散下的！"郝秀成恍然大悟地说道："对！保险是。八路军可真厉害！"接着又用惊喜的声音说道："咱们刚才说的那些话，人家一定听到了。"孙生旺说："听见更好！咱们说的是抗日，八路军听见也是喜欢的！"郝秀成没答话，低着头想了半天，忽然说道："村公所院里有了传单，街上一定也散下了。今天是你们巡夜，明天日本人知道了，你可吃罪不起！我也得跟着受连累！"孙生旺说："日本人钻在碉堡里不敢出来，我们几个老百姓顶啥事？明天要杀要剐由他吧！"说完便走了。

郝秀成呆呆地坐了好一阵，听着外边枪声停了，这才上炕睡下，心中盘算着明天日本人要查问起来，该用什么话对付。

第二天清早，联合村公所的村警就满街"喤喤"地打锣，通知吃罢早饭开大会。

　　这天，伪村长王怀当也特别起了个早，带着三四个伪军，拿着标语，去关帝庙里布置会场。他们从碉堡上下来刚到街上，见满街都是红红绿绿的标语，走近一看，原来是八路军打胜仗的捷报传单，不禁大吃一惊！又见路上没几步远就放着一个骨灰盒子。王怀当慌了，撕了一张捷报，拿了一盒骨灰就往碉堡上跑去报告。

　　独眼翻译官正在被窝里睡大觉，听到叫喊，慌忙爬起来，一见是把他们吃败仗的老底子翻出来了，又急又气，一把把那张传单揉了，然后就命令王怀当再去打锣，禁止老百姓上街；又派了四五个伪军到街上撕传单收"骨灰"。

　　村里老百姓刚听见打锣通知开会，马上又听见打锣禁止上街，人都有几分好奇心，本来不想上街，现在偏要偷偷地溜出来，看看街上到底出了什么事。一见墙上、地上到处都是八路军散的传单，拿起来就围下一堆人念。伪军们一面撕传单赶老百姓，一面也偷偷地拿着传单看。恰好辛在汉也在里头，他剥下几张传单来，假装赶着老百姓，又一张一张散到了各家院里，最后留下几张，就带回碉堡上散给了伪军们。这下，日本人吃败仗的消息，连伪军也都知道了。

　　独眼翻译官见弄成了这般光景，知道再开什么"庆祝大会"也遮掩不了事实真相，因此又下命令说不开会了。并且马上派人把郝秀成找来，查问夜里是哪些人巡夜。郝秀成数念了一遍人名，说："黑夜很多八路军进了村，光他们几个自卫队队员可没法子抵挡。不过总算是他们没尽到责任，我已经训了他们一气，一人记了一大过。"独眼翻译官听了，也没说什么，"唔唔"了两声，把手一摆，郝秀成便退出来了。

见杜玉贵巧安排
活捉日军得胜利

老武到汉家山听孙生旺汇报工作，得知辛在汉在伪军里发展了杜玉贵后，让孙生旺去约见。约见了杜玉贵，老武向他了解敌人的具体情况，和辛在汉他们制定了打碉堡、活捉日军的详细计划。老武回到康家寨，进行任务分配，民兵们很积极。

当天黑夜，老武来检查工作。孙生旺便把另外几个暗民兵叫来，把怎样散传单，怎样遇见伪村副喝酒等情形讲了一遍。老武听了，脸上露出笑容，说："那么这个人，我们可以马上争取过来给咱们做点工作！咱们的目标就是要拔掉汉家山这颗钉子，以后要注意在敌人内部发展组织。"孙生旺马上又汇报说，辛在汉在伪军里发展了一个叫杜玉贵的人，原先是给伪军们做饭的大师傅，近两个月刚调去给日本人做饭。老武把详细情况问了一遍，认为这个人还可靠，就让孙生旺按排约见。

第二天上午，杜玉贵借着买菜的机会，和辛在汉一起来见老武。老武对杜玉贵说："咱们计划要打碉堡。听他们说你愿意出力完成这个任务，你先把碉堡上的情形详细讲一讲吧！"

杜玉贵搔了搔头皮说道："东碉堡上住着伪军，人多。如今西碉堡上

只住着八个日本人，我就在西碉堡上做饭。今天翻译官到水峪镇去了，带走了两个日本人，这阵只剩下五个人了；不过有一条大洋狗，和匹狼一样，可凶啦。我初到了那里怕得不行……"杜玉贵是个爱说话的人，说东就扯到了西，一让他自由说开就没远近了。

这时他见辛在汉瞅了他一眼，忙又说到了正题上："看我又说得走了题啦！碉堡四周有铁丝网，铁丝上边有刺，那次把我的衣服扯……唔，铁丝网里边是外壕，上边有吊桥，过了外壕就是围墙，有一丈来高，上边也是铁丝网，院里当中是碉堡，日军就住在里头。靠西墙是仓库，靠东墙是饭厅，饭厅的窗子和围墙门斜打对，在饭厅里吃饭，从窗口上一眼就能看到围墙外面。这就是碉堡上的情形。从前日军多的时候，白天不撤吊桥，光黑夜撤；这阵除了每天清早送水的来，和我去村里买菜以外，成天吊桥都不放。放吊桥那可麻烦啦，上边有滑车，还有……"杜玉贵忽然发觉自己说得又走了题，忙闭了口。

老武把杜玉贵讲的情况，都记在了笔记本上，随后又翻开一页，画了个简单的地形图，向杜玉贵说："你看这个地形对不对？"杜玉贵看不出个门道来，老武指着告诉他哪里是碉堡，哪里是饭厅……杜玉贵点了点头，说："对，都对！"辛有根思索了一阵，说："照你说的，工事这样多，可不好打呀！"杜玉贵说："你说难处在哪里？"老武说："大队伍是来不了，小队伍没有炮，只有想办法冲进碉堡里边，可是这困难就多了。"停了一下，又说："队伍就是到了跟前，吊桥不放也是进不去。就算能进去，敌人在炮台上，院里又有洋狗，闹不好，自己先受损失！"杜玉贵忽然站起来说："你只要有决心打，定上个日子，保险能把日本人全活捉出来！"老武听了很奇怪，忙问道："你把你的计划说一说，看看行不行。"杜玉贵说："我昨天思谋了半夜，可想了个周到，白天不能打，黑夜不能打，只有天明以后送水的上去，吊桥一放，那就是个空子！"

接着便把他的计划详细讲了一遍：队伍从哪个方向来，在哪里埋伏，洋狗怎办，进去以后怎样捉敌人……老武听完，称赞道："这计划很好！不过放吊桥的时候是不是日本人正吃饭？"杜玉贵说："日本人早晨饭吃得很早，我可以做得再早些。洋狗也可以事先引到墙角去喂。"老武思索了好一阵，又说道："饭厅上的窗子可得想个办法，不然敌人在饭厅里就能看见队伍运动！"杜玉贵说："这我早想好了。我回去用麻包钉了，告日本人，就说天气凉了，风大得很。你说队伍哪天来吧，最好就在这几天，趁翻译官不在，敌人少。"老武说："就今天晚上队伍来吧，明天天明时分动手。"老武又对辛在汉说："这是两个碉堡，咱们的人进西碉堡，东碉堡上伪军哨兵看见就糟了！"辛在汉低着头想了想，又扳着指头算了算，说："半夜是第二班接哨，一人两点钟，哎哟！轮我上班就九点了。"老武摇了摇头说："那可不行，你最好能五点钟上岗！你看能不能想法子换一下。"辛在汉抓着头皮想了半天，说："五点来钟是王志功的班。我看我买上点巴豆，等吃晚饭时给他悄悄放到碗里，他拉肚子拉得不能上班了，我去替他。"大家想了半天，再也想不出个更好的办法，老武说："那只好这样办，不过千万要小心！"杜玉贵说："一言为定！我准备我的，你们准备你们的。唔，我赶快要买菜去了。哎，还有一句要紧话：等我在围墙门口摆手，你们再进来。"说完，提起篮子先走了。

老武他们又继续筹划其他细节。老武说："按这计划，明天早上往碉堡送水的是个要紧人！这……"辛有根抢着说："这好办！敌人的水是自卫队用牲口驮送的，明天轮上孙生旺了，这正好。"布置好一切，老武就要走。孙老汉正在做饭，让他吃了饭再走。老武一时也等不得了，马上钻进地道走了。

老武一口气跑回康家寨，连忙召集战斗队的人开会，把在汉家山定下活捉日本人的计划详细讲了一遍，民兵们高兴地叫道："哎哟，你出去一天半，给咱们揽回这样大的买卖来！"老武说："任务是不小，要是闹好了，这个胜利就很大；要是闹不好，损失也不小！"停了一下，接着说，"咱们的二十多个人，要分成两队：挑十几个有战斗经验的摸碉堡，其余的在碉堡对面山上作掩护，万一任务完不成，也好掩护往下退！"老武刚讲完，大家都要求摸碉堡，康有富说："咱不作掩护，咱要摸碉堡去！"老武见大家都不愿作掩护，说道："大家要求打仗，这种精神是好的；不过用不了这样多人，人多了反而目标大。再说没掩护怎么行？万一搞不成，退也退不下来，反而坏了！大家要听指挥，分配干啥就干啥！"大家听了老武的话，都说："好！分配吧！"老武和雷石柱研究了一下，共挑了十个有战斗经验的民兵，说道："摸碉堡的要把刺刀和手榴弹准备好，说不定要打白刃战！去了以后，绝对不准说话，没命令绝不准开枪，咱们要打哑巴仗！"老武讲完，大家便分头准备去了。

约莫到了后半夜，老武先打发李有红从地道进去，和送水的孙生旺联络；随后带着二十几个战斗队员出发了。

快到汉家山的时候，老武把担任警戒的民兵留在碉堡对面的山头上，自己和雷石柱带着挑选下的那十个民兵，向碉堡那座山上行进。

天很黑，星星闪着眼，民兵们顺山坡往上爬。老武提着手枪走在前面，弯着腰爬一阵就停住，听一听四周没有动静，再往上爬。爬到半山腰的时候，有一段石子路，老武对背后的人低声说："脱了鞋！"一个对着一个的耳朵，把这句话传给了最后一个人。大家都把鞋子脱掉，光着脚，屏住呼吸，继续往上爬。

隐隐约约，可以看见山顶上黑黝黝的那座碉堡了。老武又低声传下话来说："停一停，趴下！"后边一个跟一个趴下了。老武把手枪插在腰里，两手扶着地，一个人爬向前去了。

　　碉堡看得很清楚了。老武又慢慢向前挪了几步，趴在一低土垅下边，向碉堡观察了一阵，也看不出有什么动静。这时，他想起杜玉贵说围墙门斜对面有一块凹地，可以埋伏队伍。他调过头来找那块凹地，向右前方爬了几步，果然在外壕不远处找到了一块凹地，长着一些将要枯干的杂草。这里距围墙门约有二三十步远。老武十分小心地退下来，引着民兵们爬进了凹地，伏在乱草里。

　　时间慢慢地过去了。拂晓的风吹得人身上有点发抖，草上的露水把民兵们的衣服都打湿了，裤子紧紧贴在腿上，冰凉沁骨。

　　孟二楞前两天就有些感冒，夜里又着了凉，喉咙里痒得直想咳嗽。但

他不敢咳嗽，怕坏了大事，只好不时地咽唾沫。过了一阵，实在忍不住了，悄悄拉了趴在旁边的老武一把，对着老武的耳朵低声说："老想咳嗽！"老武在他脸前把手摆了摆，掏出自己的手巾给了他，低声说："塞在嘴里，千万不能咳嗽！"二楞把手巾接过来，塞进嘴里，憋得眼泪鼻涕直往外流，但总算把咳嗽忍住了。

又等了有一个多小时，东面山顶上慢慢泛起了白色，山下汉家山村里的鸡叫了。面前黄色的围墙，白色的碉堡，逐渐显得清楚，只见碉堡门紧闭着，吊桥高高地悬着。

老武从杂草里抬起头，向山下瞭望①，忽然发现顺山坡小路上，有人赶着头驮水的毛驴上来了。老武看那人走路的样子，认出是孙生旺，一时心里说不出的高兴，但又压制不住的紧张。他眼不转睛地盯着孙生旺：只见他跟在毛驴后面，一摇一摆地上来了，眼睛不断地向凹地这面望。老武捡了一块小土块扔过去，孙生旺知道队伍来了，忙走到外壕边上，向围墙里边喊道："太君的放桥，苦力的送水来了！"过了一会儿，就听见吊桥"吱吱咯咯"地放下来，刚好搭在外壕上。碉堡门也开了。

趴在乱草堆里的老武，从围墙门看进去，只见饭厅窗子上蒙着块麻包。他右手紧紧地握着手枪，浑身的血流得更快了，心好像要跳出来一样。他使自己镇定了一下，向趴在旁边的民兵们使了个眼色，大家都感到一种说不出的紧张。大伙儿都等着杜玉贵出来在门口招手。

孙生旺把驮水的驴赶进去以后，杜玉贵忙出来，和他把水桶抬下来，两人紧张地对看了一下，杜玉贵就忙着把做好的菜饭端进了饭厅里。

趴在凹地里的民兵们，忽然看见杜玉贵站在饭厅窗口前，向围墙门外

微词典　①瞭望：登高远望；特指从高处或远处监视敌人。

望了一眼，很快又不见了。大家猜不透他这是什么意思，每个人握枪的手心里都渗出了冷汗，不知道是怕，还是因为紧张过度，人们的心都跳得压也压不住了。老武见杜玉贵没有摆手，也不敢轻举妄动，只是耐着性子等。

过了一会儿，听见碉堡上一阵木板鞋的响声。通过围墙门，老武看着日本人从碉堡上下来了，他数着五个日本人都进了饭厅。现在，就等杜玉贵出来招手了。这时大家紧张极了，可是总不见杜玉贵出来。

雷石柱心里想：不会是这家伙不可靠吧？其余的民兵也在胡思乱想。正在这时，杜玉贵跑着出现在围墙门口，他拿着块手巾扬了扬，好像打闪一样，又飞快地进去了。

老武向民兵们把手一摆，民兵们急忙站起，三两步跳出凹地，从吊桥

上飞跑过去。 一进围墙院子，二楞因为跑得太急，忍不住咳嗽了一声，饭厅里的日本人喊道："什么的？"老武他们急了，一下拥到了饭厅门口。正在吃饭的敌人有的刚端起饭碗，有的正挟起肉菜往嘴里送，忽然看见从门口伸进来五六把明晃晃的刺刀来，一下子都惊呆了！他们盘着腿坐在炕上，活像庙里的泥菩萨。其中一个满脸络腮胡的老鬼子，忽然把碗一丢，想从窗口往外冲，这时，从蒙在窗子上的麻包外面，又伸进了几把刺刀。老武把手枪摆动着，厉声喊了几句日本话，那个老鬼子便吓得又坐下了。其余的也都驯顺地举起手来。

张有义端着枪挤进了饭厅里，打着日本腔调说："不咪稀了，开路的！"民兵们有的用枪逼着，有的上来用绳子把日本兵一个个抓了起来。

雷石柱带领着另外几个民兵，跟着杜玉贵跑上了碉堡，把一门小炮和两挺机枪、步枪、子弹等都拿了下来。大家正要押上敌人往外走，忽然听后面"呜——"地叫着，那条洋狗扑上来了。孟二楞一见洋狗，喊道："来，把这家伙也干掉！"几个民兵一齐扑上去，一顿乱刺刀把洋狗捅死了。

老武觉得时间不短了，忙催大家说："快走！快走！"民兵们押着敌人，扛着胜利品退了出来。杜玉贵从碉堡上边背了一些敌人的行李银钱，也跟着民兵们退了出来。老武拿着手枪亲自断后，过了吊桥刚走了不远，忽听驻守伪军的那个大碉堡上，"叭"响了一枪，老武心中暗喜，知道是辛在汉放哨，看着民兵们完成了任务，打枪催他们快走，于是大家顺山坡冲到了沟底。这时，山顶上碉堡里的伪军和这面山上警戒的民兵们对打开了。张有义说："你们听，这就叫马后炮！"民兵们笑着，跑得更有劲了。

老武他们爬上碉堡对面的这座山，和担任掩护的民兵会合了。这时太阳刚出山，大家一路上说笑着回到了康家寨。

全村人又是一场说不尽的喜欢。赶忙招待民兵吃了饭，当天就派民兵押着俘虏，扛着机枪和大炮，送往军分区司令部。司令部首长们一见康家寨民兵这样勇敢机智，当下按缴获敌人武器奖励办法，给他们发了奖；另外又奖给他们一个掷弹筒、一挺机枪和一面红旗，旗上边绣着"有智有勇"四个大字。

　　从这以后，民兵们有了新武器，练兵习武的情绪比以前更高了，每天一有空闲，便由老武和赵得胜教民兵们学打机枪和掷弹筒。

　　杜玉贵跟着民兵出来以后，就在康家寨安了家，村公所给调剂了些口粮和土地，群众又借给了他一些日用家具。他也参加了民兵，经常跟着大家出去活动。

辞旧岁大闹据点
迎新春慰问抗属

汉奸王怀当和巴三虎为了巴结日军和伪军，在除夕这一天搜刮村民的东西，强抢姑娘。康家寨民兵在这天晚上攻打敌人碉堡，杀了一些敌人。战斗结束后，武二娃和张有义留下来了，他们要做什么呢？

自从康家寨的民兵活捉了汉家山据点里的全部日军后，敌人又从水峪镇调来一小队日军，分别住守东、西两个碉堡，把伪军重新赶进关帝庙去住。

除夕这天，密谍组长巴三虎和王怀当上赶着巴结日伪军，急忙商量筹备慰劳的事情。王怀当不急不忙地说："老百姓都是贱骨头，挨砖不挨瓦。你早点向他要，他就装穷；等他把过年东西准备好了，来个突击，什么都是现成的。"停了一下又说，"咱俩分一下工，花姑娘是你的事，肉和面是我的事。"巴三虎答应着走了。王怀当忙点动他的人马，带着村警狗腿，拿着箩头口袋，挨门挨户抢慰劳品。

这两年，村里已经让敌人搜刮得差不多了，多数人家都是东拼西凑，包上顿饺子，好歹是个年的意思。人们刚和好的白面，还没来得及包成饺子就让抢走了，甚至有的人家藏在柴草堆里的面、肉都让王怀当搜了去。王怀当看看还不够，就动手去抢圈里的牛。

到了下午，巴三虎又领着五六个日本人，下碉堡来抢花姑娘，村里青年妇女们吓得到处藏躲。可是巴三虎是本地人，谁家女子、媳妇长得好，他都清楚。十六岁的黄花闺女，新娶下的漂亮媳妇都让他们搜出，还把八个妇女生拉硬扯地弄上走啦。

康家寨的民兵前几天就计划好过大年要来扰乱敌人。除夕这天晚上，雷石柱领着五个民兵，一直摸到了碉堡跟前。这地方民兵上次来过，地形很熟悉。大家一齐趴在了山崾崾后边，这里离碉堡只有二百来公尺。天黑夜静，往山下看，村子里黑灯熄火，不时有凄惨的哭声传来，实在不像个过年的样子。对面碉堡上，却从枪眼里透出了明灯亮烛，不时传出了日本人的狂笑声，"叽里呱啦"的说话声，还夹杂着女人的哭号声。

民兵们听了一阵，气恨地低声骂道："狗养的们，一定是欺侮女人哩！看你们还能好活几天?!"雷石柱说了声："瞄准枪眼!"只听一阵轻轻的枪栓响，雷石柱又喊了声："打!"一阵排子枪打了过去。马上碉堡里乱成一团，只听得日本人乱叫喊，桌子椅子撞倒了，碟子碗"当啷当啷"地摔碎了……乱了一阵，碉堡上的机枪朝四面八方乱扫射开了，枪口吐着红红的火舌，子弹打得像下雹雨一般。民兵们紧紧地贴在地上不动。

打了半个时辰①，碉堡上枪声刚停止，民兵们又打了一排子枪，碉堡上便又打开了，这回还夹着小钢炮声音，炮弹在远远的山头上炸开了，冒起一朵一朵的火花。

打了一阵停了，民兵们又向着碉堡打了几枪，敌人就又打开了。这样

微词典　①时辰：旧时计时的单位。把一昼夜平分为十二段，每段叫做一个时辰，半个时辰等于现在的一个小时。

断断续续一直打到头鸡叫，忽然碉堡里打出了一个照明弹，像闪电一样，晃得民兵们睁不开眼，大家只是贴在地上不动。只听一个日本人咕噜了几句，碉堡上便不打枪了。民兵们又打了几次排子枪，敌人不但不还枪，反而在碉堡里唱起日本歌来了。雷石柱说："敌人看破咱们的计了。好！他不打就不打，咱给他门上埋个守门雷，明天是大年初一，叫他来个一开门见喜。"说完，便叫武二娃、杜玉贵去和他埋雷。杜玉贵高兴地说："对！数我去合适啦，我在这里就是闭住眼，要到哪里就能到哪里。从前日本人多的时候，我一个人常……"雷石柱道："少说两句吧，快背东西走！"雷石柱把地雷用手巾包住，用牙咬着手巾；杜玉贵把铁锹别在背后腰带上，三个人像蛇一般爬到了外壕跟前。杜玉贵凑到雷石柱耳朵上说："用腰带吊吧！"雷石柱说了声："好!"三个人便把腰带解下来结成一条，雷石柱先把他们俩吊下去，自己又慢慢溜下来。三个人到了壕底，雷石柱让杜玉贵踩着自己肩膀爬上去。杜玉贵垂下腰带来，又把他们两个吊上去。爬了几步，到了铁丝网跟前，这里离碉堡只有五六丈远近，连敌人的咳嗽吐痰声都能听到。雷石柱用锹把地铲低了些，让武二娃爬进去；他又把地雷和锹递进去，武二娃接着，脱了鞋袜，赤着脚，轻轻走到围墙门口，用手在地下一摸，硬硬的，原来都是石头子砌起来的！武二娃摸了半天，见没法挖雷坑，真急坏了！坐在地上直想哭。忽然摸到门旁栽着根电线杆，心里立刻有了个主意，便把地雷绑在了电线杆上，把火线拴在围墙门上，这才退了出来。雷石柱问道："埋好了？"武二娃欢喜地说："绑好了。"

　　三个人照原路退了出来，找到那几个民兵，相随便往回走。但武二娃却不愿意走，他要在这里等着看地雷炸。雷石柱没法，只好把他留下；又怕他一个人出乱子，便把张有义也留下了。又给了他们一颗地雷，叫他们埋在前面拦路，防备敌人发现目标追过来。说完带着其余的民兵走了。

张有义和武二娃把地雷埋好，两个人披着老羊皮袄，坐在山峁后等着。夜静得没一点儿声音，碉堡上灯已熄了。人心里越有事，越觉得时间过得慢，从鸡叫等到天明，从天明等到太阳出山，日本人还不来开门。武二娃急得数指头，隔一阵就对张有义说："我再数一百下保险出来。"可是又数了二百下，敌人也没出来。张有义躺在地上瞌睡得连眼也不想睁，心里啥事也不想，只想美美的睡一觉。

　　又等了一阵，忽然武二娃捅了张有义一下说："开门来了！开门来了！"张有义猛爬起来，细细一听，果然碉堡里有些响动。两个人心里缩紧了，四只眼不转睛地盯着碉堡门。又过了一阵，只见门动了，刚开了一半，便是"轰隆"一声巨响，一个日本人狗吃屎般的栽了出来，趴在地上不动了。武二娃高兴得差点喊出声来。

　　地雷响声把碉堡里惊乱了，马上拥出来六七个敌人，围在尸首跟前察看。张有义见那么多敌人，心里痒痒，不管三七二十一，"叭"的一枪打了过去，一个敌人按着肚子蹲在了地上，其余的敌人发现了目标，马上端着枪向他们扑来。张有义急了，冲武二娃说："快退！"这时敌人的枪打得很紧，两个人爬到山沟边上，抱着枪，拿皮袄裹着身子，顺山坡滚下去了。刚滚到沟底，就听得山顶上"轰隆"一声，知道这是拦路雷炸了，两个人心里十分得意，也顾不得回头看，爬起来一气往回跑。

　　他们俩回到村里，左右一看，家家门上贴着鲜红对联，有的写着："锄头换来饱暖福，地雷打出太平春"，有的写着："男耕女织生产救国，劳武结合保卫家乡"……一些男女娃娃们穿着新衣服满街蹦跳。武二娃走到家门口时，正遇他妈站在台阶上等他，见他回来了，又喜欢又抱怨地说："怎这阵才回来？真急……"想说个"真急死人了"，后来觉得大年下不该说不吉利的话，于是把下半句话咽下去了，改口说："快回家吃饺子去吧！"武二娃撒娇地说："偏不！我要先到康大婶家里去，石柱哥给我分配

了帮助军属的任务还没有完成哩！"张有义忙插嘴说："先回去吃饭吧！吃了饺子再去也不迟。"说完他先回去了，武二娃不听，径直往康大婶家去了。

康大婶家的窑洞打扫得一干二净，米面瓮瓮揩抹得黑光油亮。雪白的窗纸上，贴着红绿纸花；锅里的水沸腾着，捏现成的饺子整整齐齐地摆在木盘里……处处显出过年的新气象。康大婶忙着捣蒜煮饺子。武二娃见家里整理得齐齐整整，不由得这里翻翻，那里看看，见竖柜里放着四五斤猪羊肉，上边还贴着红纸，忙问道："大婶，这是哪里来的？"康大婶回头看了一眼说："嗨，村里人慰劳的嘛！昨天快黑时分，村干部们亲自送到家门上，还送来十斤白面，说是全村人慰劳抗属的。自你哥当了八路军，村里人真是把我抬举到天上了！"

说话间，饺子已经煮好了。康大婶拉住武二娃，非叫他吃饺子不可。武二娃推着不肯吃，笑着说："我是来干活的，没干活哪能白吃饭。"康大婶说："没有什么要干的活了。"正在这时，一队锣鼓敲打着进院里来了。领头的是村干部们，后面跟着大大小小三四十号人，有穿长袍子的，有穿短袄子的，一个个打扮得像新女婿一样。雷石柱大声喊道："康大婶，给你拜年来啦！"众人都朝她拜年，有作揖的，有鞠躬的，有敬礼的。康大婶喜得合不拢嘴，忙用手在围裙上摸了几下，说道："这可劳驾不起呀！这可劳驾不起呀！"众人们齐说："你家是抗属，是有功劳的！"

雷石柱一眼看见了武二娃，忙问道："二娃你回来了！守门雷炸了没有？"武二娃得意地说："连拦路雷也炸了！"众人问是怎回事，武二娃比着手势从头讲了一遍。众人高兴地乱嚷开了，有的说："二娃真有出息！"有的说："这可应了'出门见喜'那句话了！"这时，康大婶端出一大盘红枣来，一把一把往小娃娃怀里装，又招呼众人说："都到窑里暖一暖吧！"雷石柱说："不了，我们还要给别家抗属拜年去哩！"说完引着拜年的队伍，敲着锣鼓，又给别的抗属拜年去了。

王占彪告知敌情
敌人扫荡吃败仗

伪军小队长王占彪想脱离敌伪，被辛在汉暗中发展。王占彪向他说明敌人要去康家寨扫荡报复的紧急情况，辛在汉赶紧把消息报告给了雷石柱。这次，康家寨的对策是什么？

敌人没想到大年初一清早就吃了个大亏，当下决定第二天去康家寨"扫荡"报复。伪小队长王占彪早就有脱离敌伪的倾向，被辛在汉暗暗拉了过来。王占彪参加完军事会议回来，急急忙忙去找辛在汉。刚进关帝庙院门，正巧迎头碰上辛在汉，马上把紧急情况说明。辛在汉立刻通知孙生旺去康家寨报告。

第二天，天不大明，敌人和水峪镇调来的两小队日军合在一起，从汉家山据点出发了。四五个工兵走在最前边，隔开四五十步才是大队。工兵在前边路上四处搜索，走一阵儿便停住了，蹲在地上详细瞅看，一见有高起来的新土，便慢慢地从四周刨开。走了没一里地，一连就刨开二十多个坑，可是连一颗地雷也没有，敌人便放心地往前走。

又走了半里路，见路当中堆起很高的一堆新土，从旁边露出了黑黑的一块东西。两个工兵马上跑过去察看，用手在那块黑东西上轻轻摸了摸，

真的是地雷，马上便往外刨土，刨了一阵，一颗黑黑的地雷全露出来了。两个工兵高兴得又笑又叫："地雷的，大大的无用。"叫着便往起拿。不料这个地雷是口朝下埋的，爆发管的火线钉在了地上，敌人刚往上一拿，"轰隆"一声炸了，把两个工兵炸出了丈把远，腿和胳膊都飞散到四处。

后面的敌人吓得一齐趴倒，隔了好一会儿才起来又往前走。这下，敌人更加小心，工兵碰上可疑的地方也不刨了，只是在跟前压一块白纸条，上边写着："地雷的小心"。可是大路上到处是可疑的地方，这里是一堆新土，那里露出半截绳子，工兵就尽管压纸条，后边的敌人只敢踏前边工兵的脚印走。

过了牛尾巴梁，大路上可疑的地方更多了，简直没插脚的地方！敌人不相信有这么多地雷，又叫工兵往出刨；可是刚刨了几个，便露出了黑黑的一块儿。工兵们刚才吃了亏，不敢再刨了。其实这一路上除过刚才炸了的那颗雷以外，其他不是虚坑，便是圆石蛋涂着黑的假雷。

敌人见大路上没法走，便折入了小道。这条小道是从半山腰通过去的，只有二尺来宽，左边是悬崖峭壁，右边是万丈深沟。幸好路是石底子，没法埋雷，敌人便放心走。

离康家寨只有二里多路了，远远便能看到村边上的房子。这时前边的工兵报告说："路的断了！"敌人拥下一堆正在踌躇①，猛地从山上滚下两三块圆石头来，滚到敌人队里"轰隆轰隆"炸了，一下炸倒了五六个。

原来这是望春崖民兵滚下来的石雷。接着，对面山上桃花庄的民兵打开了排子枪。敌人大乱了，到处躲藏。可是这地方是个绝地，左边是悬崖，右边是深沟，除了靠崖底有一个大岩洞，没有可隐蔽的地方。敌人急

微词典　①踌躇：犹豫。

132

了，顾不得细看，一齐往那洞里钻。谁知道洞里埋着五颗连环雷，火线却结在当中的一颗踏雷上，这十来个敌人钻进去，一下踩响了踏雷，五颗地雷一齐爆炸了！铁片炸开，石片石块从顶上砸下来，爆炸声、哭喊声、黑烟、尘土混成一团。没有死的敌人连爬带滚往外逃，后队变前队，一齐顺原路往回退。

这时两面山上排子枪打得更紧了。路窄，敌人人多，挤挤拥拥，跌跌撞撞，各个争先逃命。人摔到沟里了，马摔到沟里了，东西摔到沟里了，好不容易才退出小路，爬到了牛尾巴梁上，一查点人数，连死带伤二十多人。敌人又气又恨，整顿了一下人马，分两路向刚才打枪的地方包围过去。可是到了那地方一看，连个民兵的影子也没有，只有一些脚印子和手印子。敌人的指挥官拿望远镜四下看了半天，也没有一点儿动静。春天的天短，这时太阳已快落山了，敌人干着急没办法，只好架起机关枪掷弹筒，向四面八方乱打了一阵儿，抬着尸首往据点退去。

雷石柱领着康家寨的民兵，早就埋伏在汉家山出来的两面山上。他们看着敌人过去，便派人下到大路上，把敌人压下的纸条子都收了，又在一个拐弯的地方，埋了两个拉雷。

等到半下午时分，只见敌人一长串退下来了。山上的民兵把子弹推上膛，眼不转睛地盯着。敌人见压下的纸条没有了，料定有民兵捣鬼，便逼着十来个伪军在前边探路。民兵们放过了伪军，等敌人大队人马走到拐弯的地方，用力把绳子一拉，两颗地雷一齐爆炸，敌人又被炸倒了三四个。敌人也顾不得还枪，拉扯着尸首，慌慌张张地退回碉堡去了。这次敌人吃了大亏，再也不敢轻意出来了。

防反正汉奸行动
哗变①伪军得援救

日军"扫荡"报复的行动失败后，暗中命伪军中队长杨德这个汉奸查出泄露消息的人。杨德盯上了王占彪。试探一番后，杨德把王占彪这一队都软禁了。暗民兵辛在汉把这个消息通知了雷石柱。

敌人这次失败后，就疑心伪军里边有人露了消息。日本人暗叫伪军中队长杨德调查。杨德是个铁杆儿汉奸，一肚子阴谋诡计。他想起这次出发的消息，事先只有三个小队长知道，而其中王占彪虽然是自己的把兄弟，却并不真正跟自己一条心。杨德越想越疑心，这天便拉王占彪去喝酒。几杯酒下肚，杨德装着悲观的样子说："眼看日本人不行了，将来有个山高水低，咱们可怎么办？"王占彪也早有心思把他拉上，一块儿反正，于是接上说："咱们都是中国人，却做这些丧良心事，趁早反正，抗日立功吧！"杨德听了，就追问他是不是和八路军有关系？王占彪见他追问得紧，也起了疑心，便支支吾吾用别的话岔开。杨德已经看露了，没动声色，吃喝完，说笑了一阵，各自散了。

王占彪回到住处不久，杨德忽然带着另外两个小队把王占彪这一小队

微词典　①哗变：（多指军队）突然叛变。

的枪都收了，软禁在关帝庙的后院里，派了辛在汉的班来监视着，准备明天押到水峪镇"红部"详细审问。辛在汉见闹成这个样子，偷偷和王占彪他们商议，今夜把队伍带过去，让雷石柱他们接应。辛在汉溜到孙生旺家，叫他赶快到康家寨报告消息。

雷石柱听后，觉得事关重大，赶快又找来了老武。几个人商量了一下，决定老武进据点，一面和辛在汉接头，一面开围墙门，雷石柱带三个村的民兵接应。

二更多天，老武和孙生旺来到西门上，和自卫团放哨的刘三丑、辛有根一起把门打开，外面雷石柱已带着民兵来了。老武叫留下几个人守出路，其余大部分民兵都随着孙生旺往关帝庙来。大家轻手轻脚，拐弯抹角，直摸到关帝庙的后门上，队伍隐蔽到墙角里，老武找了一块石头扔进了院里。

和辛在汉一起放哨的另一个伪军是个大烟鬼，烟瘾发得直打呵欠。他正靠着墙打瞌睡，忽然院里掉下一块石头，把他惊了一跳。正想说话，冷不防辛在汉的枪口对准了他的胸脯，压低声音说："不准喊！把枪放下，把门打开！"那个哨兵吓得乖乖地把枪靠墙立下，哆哆嗦嗦开了门。雷石柱见门开了，马上领着民兵冲进院里。

辛在汉和王占彪早已让大家准备好。没脱衣服躺在炕上的伪军们，听到院里一阵杂乱的脚步声，知道是接应的人进来了，急忙跑到院里站队。老武握了一下王占彪的手说："好！你的第一大功。"王占彪也兴奋地说："你救了我们了！"

这时，辛在汉引着队伍，包围了监视的那一班伪军的房子。辛在汉站在门口，大声喊道："快起来集合！八路军来了！"那些伪军正睡得迷迷糊糊，听着叫喊，慌慌张张爬起来，抱着枪走到院里，见王占彪那一小队

人都站好了，另外还有好多黑影，持着枪站在门两旁，都惊得出了一身冷汗。有的顺手往下一摸，发觉枪栓早已不在了。只见班长辛在汉提了个沉重的包袱掂了几掂，说道："枪栓早给你们下了！"伪军们听了，都悄悄地不敢作声。辛在汉又和气地说道："弟兄们！我们都是中国人，当了几年汉奸，今天八路军解放我们来了，我们要重新做一个中国人……"伪军们齐声说："这几年罪也受够了，谁还没个人心！"辛在汉又领着几个人进到房里，点着灯，用斧子砸开套间的门，把两挺机关枪和十几支步枪都取了出来，老武见时候不早，手一挥，说："撤！"

魁星楼上的伪军哨兵听到街上有杂乱的脚步声，全村的狗乱叫，急忙报告杨德。杨德马上起来集合起队伍，跑到后院一看：只见后门大开，房子里人和东西都不在了，料想是伪军"哗变"了，忙带着队伍出来追赶。追到村口围墙门上时，两扇门大开，放哨的刘三丑和辛有根蹲在哨房里抽烟。杨德喊过来问道："什么人把门开了？"这两人回答道："刚才警备队王小队长，领着三十来个弟兄出去了！"杨德又急问："谁让你们随便放走了人？"辛有根说："好杨中队长哩！王小队长说是奉了命令出去'剿匪'的，我们还敢挡住？"杨德盘问了半天，便信以为真，直气得大骂道："王占彪！给老子抓住非刀剐你不成！"恨得又是咬牙，又是跺脚。他一面派人去报告日军，一面带着伪军往村外追。

老武他们出了村以后，老武估计敌人可能追赶，就叫一部分民兵和反正的伪军头前先走，留下来一部分打埋伏。可是民兵们都说："人多力量大，咱们一块儿打了仗再回去吧！"反正①的伪军们也要留下打，王占彪说："这是将功赎罪的好机会，今天开枪才是对的！"老武见大家很坚决，也就答应了，马上叫人把枪栓发给大家，在村外的土堰后把队伍布置开。

微词典　①反正：敌方的军队或人员投到自己一方。

等了一阵，果然见敌人追出来了。杨德以为前边光是"哗变"的伪军，所以也不十分放在心上，就指挥他手下的伪军一齐向前冲。

民兵是埋伏在最前面的，看着敌人快冲到跟前了，一齐扔出十来个手榴弹，一片连天声响，炸倒了四五个敌人。伪军们受了突然的打击，吓得手忙脚乱，掉转屁股就跑，杨德拿手枪逼住吼道："谁跑先枪毙谁！"伪军们又被逼回来，趴在地上不敢动。杨德见硬来不行，就用软办法，大声喊道："占彪，咱兄弟一场，你就忍心拆我的台？我有啥对不住你们的地方，你们回来好商好量嘛！"王占彪回答道："杨德，我劝你不要当汉奸了，一块儿抗日来吧！"杨德见劝说不顶事，骂道："你们真昧了良心啦，抓住非……"还没骂完，雷石柱朝着说话的地方"砰"地打了一枪，只听杨德"啊哟"叫了一声。这时，老武看见左面山上压下一群人来，怕再打下去吃亏，忙指挥大家边打边退。

等日军得到王占彪"哗变"的消息追过来时，反正的伪军和民兵们已经走远了。杨德捂着受伤的右臂，疼得直嚎。日本小队长见赔了夫人又折了兵，气得跳脚乱骂，有心追赶，又怕半夜三更踩上地雷，只好忍着气转回碉堡。伪军们也扶着杨德，抬着尸首垂头丧气①地回关帝庙去了。

第二天上午，康家寨开了个欢迎大会。县政府、区公所、武委会派了代表，带着奖旗，驮着新衣服来参加。各村民兵、群众送猪送羊，鼓手响器吹吹打打，十分热闹。会上，代表们都讲话欢迎，反正的弟兄们也纷纷上台控诉敌人的罪行，宣誓坚决抗日到底。会上当即成立了"抗日独立游击队"，王占彪当了队长，当天便开到后方整训学习去了。辛在汉没有走，留在村里参加了民兵。

微词典　①垂头丧气：形容情绪低落、失望懊丧的神情。

暗民兵智捉密谍
红黑账警告走狗

汉家山据点的敌人龟缩着，不敢出来。民兵们为了打掉这个敌人据点，想出了一个长期围困汉家山据点的办法。汉奸巴三虎在他们商量的过程中闯了进去……

汉家山的敌人虽然被民兵们打得不敢进村半步，但是他们依托围墙、碉堡等防御工事，龟缩在里面。民兵们因为没有重武器，也奈何不得，于是就想了个长期围困的办法，坚决挤掉敌人这个据点。

这天，孙生旺召集暗民兵在他家开会，他说："老武说，叫咱们组织动员村里的人，往外搬家，老百姓都搬走，把敌人困到这个空村子里，饿也饿死他。"郝明珠说："这可是个好办法!"辛有根接着说："穷人家好动员，没房没地，拍拍屁股上的土就能走。财主们可就难说了，舍不得这呀，舍不得那呀……"刘三丑抢着道："他不搬就不行! 咱们就说，这是抗日政府的命令，谁不搬就按汉奸办。看他们搬不搬?"孙生旺摇了摇头说："老武说过，不能强迫，要好好开导咧! 村里只要有一半人愿意搬走，剩下的就好办了。你们想，村里人一少，敌人的负担还不是都放到他们头上?"

几个人正热烈地商量着办法，听见外边了哨的孙老汉咳嗽起来，另有

一个凶狠狠的声音说："你咳嗽啥?"又听见孙老汉的声音说："你管我哩! 还不叫我咳嗽?"门砸的一声被踢开了,撞进来的是密谍组长巴三虎。孙生旺忙陪着笑脸说："三虎哥,来吧。"巴三虎没答理,朝四周围扫了一眼,冷冷地说："你们开抗日会哩?"孙生旺说："三虎哥,不要要笑了。我们是商量种地的事哩!"巴三虎鼻子里哼了一声说："商量种地还要放哨吗? 老子早就操心上你们了!"说着便在家里上下左右打量。刘三丑抢着说："操心上我们要怎么样? 你抖啥威风?"巴三虎突然返转身,两只三角眼一瞪,脸上的麻子都显得涨大了,一把拉住刘三丑说："妈的,你还敢顶嘴,走! 上正经地方说去!"辛有根和郝明珠齐声说："巴三虎,你要怎么样?"说着都跳下炕来。巴三虎见他们人多,忙放开刘三丑说："好! 好! 好! 你们厉害,等等再见。"转身就往外走。

孙生旺知道他是要去报告。猛地扑过去把门关了,说道："巴三虎,你想到哪里去? 你的罪恶已经够了,我们给你留的一本账哩! 早就要收拾你,今天是你找上门来的。"巴三虎看势不好,一面往门外冲,一面大声喊道："你们反……"话还没说完,刘三丑扑上去拦腰一把把他抱住,按倒在地上。几个人扑上去,拿绳子就勒。不一会儿,巴三虎就不动了。大家长长地吐了口气,齐说："这下可给村里人眼里拔了个大刺!"

第二天清早,伪村公所的村警起来一开大门,只见巴三虎的尸首直挺挺地躺在门口,吓得大叫一声,跑回去就吼人。一时间,伪人员们都爬起来披上衣服跑到门外,只见墙上还贴着张布告。布告后边写着所有伪人员的名字,哪个人哪天做了哪些坏事,一条一款都写得清清楚楚。最后写着:"黑账记得多了,就是巴三虎的下场。"伪人员们看了,心里一哆嗦,都想着给自己留条后路。

暗民兵们趁着这机会,分头宣传搬家的事情。到五月二十几,汉家山群众搬家的事,暗暗准备得差不多了。

破坏围墙杀汉奸
全力协助大搬家

向汉家山村民宣传搬家等工作都已准备妥当。汉家山的暗民兵和郝秀成先扣下了所有伪村公所的人，老武再带领各村民兵、武工队和群众一起帮助汉家山村民搬家。围困敌军的行动开始了。

这天，孙生旺从康家寨回来就召集十几个积极分子到观音庙开会。孙生旺见人来齐了，说道："今天我出去接了接头。外边也准备妥当了。"众人都说："出路是要紧的。只有两个堡门不行！"孙生旺接着说："这个问题也计划到了。今夜里应外合①，先把围墙刨上十几个口子，就好搬了。"人们都显出一副兴奋的面孔，低声地说："这可闹好了！"当下就把往出搬的家户划分成三组，每组都指定负责的人，叫通知各家，暗暗打点带的东西，并动员人们准备晚上刨围墙。村副郝秀成嘱咐道："可要小心秘密一些咧！走露一点儿消息，全村都得受害。"大家应承着，一个个分开溜走了。

最后只留下了暗民兵和郝秀成。孙生旺说："今晚上，咱们要把伪村

📖 微词典 　①里应外合：指外面攻打，里面接应。

公所的人全部扣走，把敌人的耳目先挖掉。"郝明珠对郝秀成说："你开一下门，把我们放进去。"郝秀成说："我早不在那里睡了，今黑夜突然又去睡，怕人家猜疑。"孙生旺点了点头说："我想办法。扣人你们要带上武器和绳子夜里来，咳嗽为记号。"四个人点了点头，商量停当，就都走了。

吃过晚饭，孙生旺往怀里揣了个手榴弹，就转到村公所门口。这时狂风大作，天黑得像墨一样，滴开了雨点。孙生旺见左右静悄悄的，没个人影，便一闪溜了进去。他轻手轻脚躲进院旁的牛圈里，没半炷香功夫，从外面走进几个人来，听着王怀当的声音说："早点把门上了吧！现在可要小心哩！"另外几个人答应着，"圪吱哗喳"把大门关了。孙生旺听着他们都回屋里去了，这才松了一口气，朝上房一看，见从玻璃窗上透出明亮的灯光。说笑声、麻将声，十分热闹。孙生旺耐着性子，一直等到上房里熄了灯，又过了好一阵，估计他们睡着了，这才溜到大门洞里，轻轻咳嗽了一声，外边也咳嗽了一声。孙生旺慢慢把门栓抽开，往开一拉门扇，响声很大。孙生旺想了一下，便拉开裤子，往门轴上尿了一泡，再拉门时果然不响了。只见台阶上站着五六个人。辛有根说："外边已经开始刨围墙了。老武怕咱们人少，又派来三个同志。"孙生旺说："好！进吧！"在头前领着，一直摸到上房门口。听了听，里边"呼噜呼噜"打鼻鼾。孙生旺把门弄开，便进去了。他一手握着手榴弹，一手掏出一根洋火划着，把灯点上，只见炕上睡着五个人，像死猪一样，一点儿也没觉着。刘三丑过去把墙上挂的两支破步枪收了，大声喊道："呔！"这下把伪人员们都惊醒了，吓得摸裤子抓袄子，挤成一团。

王怀当住在这间上房的套间里。他从睡梦中惊醒，看见外屋亮着灯，又听见有杂乱的脚步声，慌忙爬了起来，伸手就去枕头下面摸枪。刚摸了

两下，早已从外间闯进个人来喊道："不许动！"王怀当定睛一看，认出
了是本村的几个人。又看见他们只拿着两颗手榴弹，胆子便壮了起来，说
道："孙生旺，你们反了！还不给我滚出去！"说着就要开枪。恰好这时
窗子"砰"的一声，玻璃打碎了，伸进三支枪来，一个很粗的声音喊道：
"不准动！不准叫喊！谁不听命令先揍死谁！"王怀当放下举起来的手枪，
又缩回了炕角里。这时从外间进来几个伪人员，跪到地上求告道："生
旺，咱们可没做坏事！干这营生也是为了吃穿二字呀！"孙生旺说："不
要怕，谁做了好坏事，我们都留着账哩，决不冤枉人。今天暂时都得把你
们带走。"辛有根和郝明珠一齐动手，一个一个都捆起来。又把一应公文
账簿都收拾上，押着伪人员出来。

这时雨还在下，路上泥滑得很。他们一直来到围墙门洞底下，碰到老
武领着民兵在那里，老武问道："都抓出来了？"孙生旺说："都抓出来
了。围墙怎么样？"老武说："破下好几个口子。要不是下雨，明天晚上
就……"话还没说完，只听有人叫道："跑了！跑了！"原来是王怀当趁
人不注意，咬断绳子跑了。老武说了声："打！"四五个民兵一齐开了枪，
王怀当狗吃屎般趴到地上死了。

敌伪军听到枪响，一齐开了枪，朝四面八方乱扫射。老武说："咱们
任务完成了，回！由他们打去吧！"又回头对孙生旺说："雨停了，明天
晚上就大搬家。你回去，赶快让郝秀成去报告敌人，就说八路军把村公所
的人抓走了。另外再组织些群众去向敌人请愿：要求重新建立村公所，要
求敌人保护……这样敌人就不会怀疑到搬家的事上了。"说完，带着民兵，
押着伪人员回康家寨去了。

第二天出了猛太阳。上午，老武召集各村干部开会，把帮助汉家山老
百姓搬家的事详细分了工，又安排从区上调来的武工队员由雷石柱统一指

挥。到天黑时分，雷石柱领着三村民兵和武工队，先前头出发了。随后是老武领着的三个村二百多群众，有拉毛驴的、打扁担的、拿绳子的……

雷石柱带着康家寨的民兵和武工队，通过刨开的围墙，悄悄摸进了村里，爬到关帝庙周围的民房顶上，架好机关枪和掷弹筒，把关帝庙内的伪军包围了起来。望春崖的赵得胜和桃花庄的崔兴智两位民兵小队长，领着两个村的民兵，绕到村后的山坡上，在碉堡通村子的路两旁埋伏下，又在路上布置了三道地雷封锁网。随后老武和李村长领着三村老百姓，也摸进了村里，在围墙口上碰到了汉家山的暗民兵和三个搬家组长等在那里，马上分头领着帮助各家搬运东西。

全村开始行动了，满街都是脚步"踏踏"的响声，狗也乱叫起来，把关帝庙的伪军哨兵惊动了，带着枪跑进了工事里，一个尖嗓子大声叫道："哎！干什么？你们干什么？"一个武工队员学着南方口音回答道："哪个要你管闲事，回睡去，要开枪没你们的好处。"马上工事里的伪军们以为老八路来了，"唧唧咕咕"地议论开了。接着又听见杨德凶狠狠的声音说道："妈的，还不开枪？"工事里的枪刚打响，架在房顶上包围关帝庙的民兵的机枪、步枪，早已回过去了。打了一顿饭时，工事里的伪军叫道："求求你们，停了手吧！我们杨中队长早躲进防空洞里去了。"雷石柱忙叫大家停下手，趁机会就向伪军们进行宣传。

碉堡上的日军听到枪炮连声，日本小队长估计是八路军和伪军打起来了，便带了十几个日军出来准备去村里增援。埋伏在碉堡外边的民兵听见放吊桥的声音，知道是敌人出来了，紧握着拉雷绳伏在地上，看着敌人到了第一道封锁雷跟前，忙把雷绳用力一拉，三颗地雷"轰隆隆"齐声炸了。崔兴智又指挥民兵开枪射击。敌人受到突然打击，吓得连枪也顾不得还击，炸死的两个尸首也顾不得拉，慌慌张张逃回了碉堡，再没敢出来，只是在碉堡上乱开枪炮。

民兵用各种火力压住敌人，村里搬家的人们搬上东西走得更快了。背的，牲口驮的，老婆婆抱着鸡，娃娃们牵着羊，顺着枪打不到的墙根急促地走。那三村的民众，好像搬自己的东西一样积极，一回又一回地搬运。周毛旦牵着毛驴驮着粮食，人还背了个箱子，头上的汗水流到了脖子里，也顾不得擦一擦。

二百来户人家的一个村子，多半夜工夫，搬得只剩下了些空房子、空窑洞。最后，老武又领着暗民兵，把两眼水井填了，各自埋了两颗地雷。这时鸡已叫三遍，东方渐渐发白，碉堡上的枪声还在不停地响。老武看看一切闹妥了，这才掏出手枪，朝天连放三枪，招呼警戒部队都撤出村外，留下孟二楞等几个民兵，在村子对面山上监视敌人。

汉家山搬出来的老百姓分成三股，由康家寨、望春崖、桃花庄的三村群众帮着背挑上东西，分头向三个村进发。康家寨这一股有七十来家，男男女女，老老少少，一路上说说笑笑，情绪高涨。爬上牛尾巴梁，一老汉回头朝汉家山吐口唾沫："呸！可算从这个沤麻坑里爬出来了!"

战斗队围困据点
敌军抢水遭痛炸

经过这一仗，汉家山日军把伪军撤到碉堡上。为进一步围困敌人，老武和民兵们、武工队等开会讨论详细的计划与准备工作。他们发现日伪军因吃水问题，必须到村里打水，于是想出了一个妙法子。

汉家山日军松本小队长和独眼翻译官看到村子是守不住了，又怕伪军哗变，就命令伪军们都撤到了碉堡上。康家寨民兵们得知这一情况后，第二天上午，各村干部、民兵、武工队员都到了村公所来开会，研究进一步围困敌人的办法。老武讲了讲敌人的情形以后说："咱们要把敌人困死在里边，白天黑夜都得围困。我看各村除了上次划分的地区以外，每个村都要抽几个有经验的民兵，和武工队组织个战斗队。战斗队由石柱子负责，可以灵活行动，哪面吃紧去哪面。同时要切断汉家山和水峪镇的联系。大家还有些什么好办法？同意不同意这样做？"大家都说："同意!"

赵得胜是八路军的残退军人，虽然只有一只手臂，可是枪打得准，也很懂军事，就说："敌人是两个碉堡，相隔开有半里地，中间有交通壕，围困住这个，围困不住那个也不行。我看炸掉一个就好办了!"众人都说：

"主意倒是好主意，就是怕办不到！"孙生旺说："说不定也行哩！西边那个小碉堡是土底子，掏一条地道通到碉堡底下，多放些炸药就掀掉了。"众人都说："谁敢保险地道正好能掏在碉堡底下？"郝明珠指了指孙生旺说："他爹掏了一辈子炭，没这点眼力还行？"接着大家又讨论了围困的具体办法和组织领导问题。汉家山又有二十多个青年，也参加了各村民兵小组。

开完大会以后，战斗队的人留下，和老武共同讨论活动办法。雷石柱说："康家寨距汉家山十里地，每天来回跑二十里，事情都耽误了。我看咱们不如住到汉家山村里，随时能活动。只要咱们把井把守住，渴也渴死

敌人！"孙生旺说："这办法最好。敌人多了，咱还可以从地道里跑！"大家都同意。老武说："这办法可以。你们的吃粮，村公所负责解决。你们不要住在孙生旺家，免得被敌人发觉地道。"雷石柱说："生旺和明珠吃了饭就先进去，把那里收拾收拾。我们把用的东西拿上就去！"孙生旺和郝明珠答应着走了。

一切应用的东西准备好以后，雷石柱带着战斗队的其他人员从地道里进了汉家山。他们从孙生旺家炉坑里钻出来，见孙生旺和郝明珠正在院里用石头砖块堵街门。孙生旺过来说："院子都打通了，把我家这个门堵死吧，就是敌人发现了也不好进来。"说着领上民兵们到了北面墙角跟前，从刚挖开的一个洞里钻过去，便又到了一个院子。接着，又领着大家进了西边的一间草房，草房后墙上也有个洞，从洞里钻过去，又到了另一个四合头院子。院子很整齐，北面有个小楼。孙生旺带着雷石柱上了楼，只见后墙上有个小窗。雷石柱趴在窗口跟前向外看时，只见对面山上就是东面那座大碉堡。从碉堡那里有一条路，顺山坡直直通到村里来。雷石柱看了一阵，问道："碉堡上到村里还有别的路没有？"孙生旺说："就是看见的这条路。另外西北边有一条小路，通到望春崖那条沟里。"雷石柱说："咱们就在这里放个了望哨，监视敌人的行动！"说着，两个人下来，派了一个民兵上去放哨。

雷石柱又问孙生旺说："这院子离井有多远？"孙生旺指了指东南角上说："从那里过去有个院子，出去北边二十几步远就是一眼井。"雷石柱就对孙生旺说："咱们就住在这座院里吧！走，到井边看看。"说完，留下一个民兵守家，领着其余的民兵钻过院子，来到井跟前。见墙壁上糊着几块血肉，井旁边堆着一堆泥土和砖块，附近有许多胶皮底鞋踏下的花脚印。郝明珠说："敌人一定是今上午来担水，掏井把地雷掏炸了！咱们再给填住。"拿着锹就往外跑。雷石柱一把拉住他说："慢些！你们看，敌人从井里掏出来的土和砖块，不扔得远远的，堆到那里故意让咱们填的时候方便啦！这里头怕是有别的鬼！"人们都站住了，马保儿说："怕是也埋上地雷了，你们看那一堆虚土上的脚印子，那么浅，一定是故意伪装的。"他这么一说，人们都看出破绽来了，都说："一定是敌人埋上地雷了。"雷石柱说："生旺，你带几个人去看看那一眼井。马保儿、李有红、二楞，咱们留下起雷。"孙生旺带着三个民兵走了。这里雷石柱们就开始起雷。李有红回去找来一把笤帚，慢慢扫着路上的浮土，见都是硬硬的地皮，知道没有雷，一直走到井边，马保儿在井旁那堆土上，起出了四颗火线连着的手榴弹。雷石柱在另一堆破砖乱石中，也起出三颗连着的手榴弹。这时孙生旺他们已回来了，说那边井没掏开，见这里起出了手榴弹，都高兴地说："敌人果真设下圈套了。"

雷石柱低着头想了想说："这眼井不用填了，这两堆土和砖块也不要动，还是弄成他原来的样子，在井跟前再埋上些雷。"民兵们都说："这可是个好办法。"马保儿说："最好把井里搅上些大粪，就是他担上水也不能吃。"二楞说："搅上大粪，咱们不吃了？"马保儿说："咱们可以先多担下些。要不，就是炸死敌人一两个，他还能把水抢走。你看昨天埋上的雷炸了，他还是抢了水。"郝明珠说："搅上大粪把井闹坏啦，将来村里人回来也不能吃了！"孙生旺说："只要能把敌人挤走，将来再打眼井也值得。"众人都同意。于是孙生旺和郝明珠去找来绳子和桶，担水的担水，埋雷的埋雷。又把井里搅了几担粪，找来一只烂胶皮底鞋，马保儿把那堆土仍旧印了几个印子。大家共埋了三个踏雷，收拾完，天已经黑得什么也看不见了。

民兵们都回到了家里，正吃饭中间，忽然碉堡上向村里扫了一阵机枪。起初，民兵们以为被敌人发觉了，孙生旺说："是他们故意惊吓人哩！去年日本人'扫荡'走了，伪军们到了碉堡上，也是经常半夜三更向

村里打机关枪。"大家这才都放心了。

吃完饭，孟二楞说："谁和我扰乱敌人去，让他们多费点子弹。"郝明珠说："我去，我路熟。"好多民兵也要去，雷石柱说："有他们两个就行了，去的人多了，反倒把咱们的人闹疲累了！"回头又对二楞说："你们绕到碉堡东边去打，免得让敌人发现村里有人。"郝明珠说："东边骆驼岭上和碉堡正打对面，那就是个好地方。"两个人背起枪走了。

这一夜，碉堡上的机关枪响了七八次。天快明的时候，孟二楞和郝明珠才回来。吃完早饭，雷石柱让他们两个休息，又留下孙生旺和杜玉贵放哨，就带着其余的民兵去通水峪镇的大路上埋雷。

太阳出山以后，碉堡上向村里扫了一阵机枪，停了一阵，楼上放哨的杜玉贵急促地叫道："孙生旺！孙生旺！敌人出来了。"孙生旺慌忙爬到楼上，从破窗口向外看，只见通往碉堡那条路上，下来三四个端着枪的敌人，后面跟着四五个担水桶的。

孙生旺慢慢溜到离井不远的院子里，从门缝向外偷看。等了好一阵，才听见有乱杂的脚步声向井边走来。这伙人走到井跟前，传来一阵往地下放桶担的声音。一个伪军说："土八路夜天没敢来！"又有个说："算他们走运！要是来填井，可炸个灰！"忽然"轰隆"响了一声，接着是惊叫声，奔跑声，哭喊声……

过了一阵，一个日本兵凶狠狠地推着伪军大声吼："过去的，过去的看看！"过了一会儿，有人喊道："咱们埋的手榴弹给起了！妈的！真鬼大。"又一个声音惊叫道："刘班长，水是臭的，不能喝，搅上大粪了！"敌人看看也没办法，就又挑着空桶，扶着伤员，抬着尸首回碉堡去了。

天快黑时，雷石柱他们回来了，一人抱回一块石头来。孙生旺把今天敌人抢水的情形，详细讲了一遍。民兵们都说："咱们这个计谋可订好了。"雷石柱说："还要防备敌人去掏另一眼井咧！马保儿赶快把今天打下的这些石雷装上药，今黑夜给埋到通碉堡的路上去。"郝明珠跑来看着那些石头说："这还能爆炸？"雷石柱说："我们今天把那三颗铁雷埋在汽车路上，抽空打了四五颗石雷，把那个圆窟窿里装上炸药，安上爆发管就成了。"

但是，连着两天，敌人却没有下来抢水，民兵们都觉得很奇怪。孙生旺想了想，说："可能是下到北面的小河取水啦。"雷石柱认为这是个重要情况，就去找老武汇报。

碉堡中敌伪冲突
民兵受挫改河道

民兵察觉到敌人的异样，雷石柱向老武报告情况。工事里，老武从伪军刘得功得知了碉堡里的情形，想出了诱敌的计策。但敌人还是在援军的帮助下取到了河水。从望春崖一个老汉得知一件旧事后，老武想出了一个能守住河流、不让敌人得到水的办法……

雷石柱从孙生旺家地道钻出，走了不到半里地，见有个端枪的民兵跑了过来，头上扎着些乱草，到了跟前一看，原来是张有义。雷石柱问："老武在哪里？"张有义向前边指了指，说："在那边工事里。来，跟我来，弯下腰，这里敌人机枪能打到。"大家都弯着腰跟在后边。走了不远，进了一条很狭窄的交通壕①，弯弯曲曲，又走了三十来步，便到了工事里。工事好像地堡，上边有顶子，地下铺着些干草，康有富和辛在汉正在草上睡觉。正前边有机枪和步枪的枪眼，架着一挺机枪，周丑孩趴在那里了望。张有义说："康明理哪里去了？"周丑孩向北指了指，说："在……在……在……"张有义没等他说完，领着众人走进旁边一条交通壕。走了

※ 小讲坛　①交通壕：又叫交通沟，阵地内连接堑壕和其他工事以供交通联络的壕沟，在重要地段上有射击设施。

152

有二十来步，又进了一个工事里，和刚才那个工事一样，地上也有两三个人在睡觉，老武和康明理正趴在枪眼跟前了望。他们听见有脚步声响，回过头来，见是雷石柱来了，忙向他招了招手。

雷石柱忙跑到枪眼跟前向外一看，只见正对面山上就是敌人的小碉堡，把碉堡上敌人的哨兵看得清清楚楚。老武拍了雷石柱一把，说："下边那就是准备埋炸药的地道！现在已经开工四天啦，顶多再有半个月就能挖成。"雷石柱顺着老武的手望过去，见对面山的半崖里，有一个小洞，洞口上蹲着两个人，把洞里推出来的土筐接出来倒了，又把筐子递进去。雷石柱说："那不怕敌人发觉了？"康明理说："上边崖顶上埋着三层雷，敌人连崖边也到不了。"老武也说："这里配备的火力强，万一敌人发现了，也能掩护退出来。"

大家看了一阵，便都坐在了草铺上。雷石柱把这几天活动的经过详细汇报了一下。老武说："望春崖民兵已经发现敌人到小河里取水啦。"停了一下又说："你们战斗队要想办法引诱敌人出来消灭掉！一方面减少敌人对这里的注意，另一方面消灭一个就少一个。"雷石柱点了点头。

正说中间，忽听北面枪打得很紧。老武说："一定是敌人到小河里抢水去了。"他又嘱咐了雷石柱几句，就匆匆忙忙往望春崖阵地上去了。

老武弯着腰走进望春崖民兵的工事里，只见有个表情十分惊恐的伪军坐在地上，赵得胜正在问话。见老武进来，赵得胜指着那个伪军说："刚才敌人来担水，叫咱们打得只抢了一桶回去了。这家伙顺沟跑，被我们埋伏在沟里的三个民兵抓住啦。"老武听了，问那个伪军说："你叫什么名字？"那个伪军慌忙站起身来立正说："叫刘得功。"老武和气地说："坐下！不要怕，咱们随便谈谈。"于是对他把宽大政策，当伪军没出路等道理讲了一遍，刘得功脸色也慢慢自然了。老武又问碉堡里的情况，他又把

实际困难情形讲了一遍。赵得胜问："那你们为啥不退走？"刘得功说："小队长给水峪镇打了几回电报，上头不让退，让坚守，说汉家山是个重要地方，一失汉家山，水峪镇就不好守了。"

碉堡里的日、伪军，等水等得把眼也望穿了，见打回一桶水来，一窝蜂拥了过来，里三层外三层，把水桶团团围住，争先恐后地舀着。日本人因为住在上层，等跑来舀时，早就没了。鬼子们气得咬牙切齿，追赶着伪军们又踢又打。伪军们有的被打得嘴斜鼻歪，有的被踢得腿拐脚跛，只好把没喝完的水，又倒回桶里。日本人把桶一下提到他们住的上层去了，伪军们只能叽叽咕咕骂个不休。

第二天清早，天还不大明，碉堡上的哨兵忽然了见汉家山村有的烟囱里冒起几股黑烟，高兴得马上报告。敌人听到这个消息，乱纷纷地涌出来看。果然见村子里有炊烟，隐隐约约还能听到嘈杂的人声和狗叫声。杨德猜测说："一定是有人搬出去熬不住，又搬回来了。老百姓们搬走，害得咱们没柴烧，没水喝，这回可要把他们都'突击'住哩！"独眼窝翻译官把这话翻给了松本小队长听，松本也觉得很对，马上便亲自领着十几个日军、二十几个伪军，向村中冲下来。

敌人被地雷炸怕了，吓得不敢在路上走，一齐转到路旁地里，从乱草怪石坡上下来，逢沟跳沟，遇崖跳崖。看看快到村里了，猛然村里枪声响成一片，子弹像飞蝗一样扫了过来。敌人受了这一惊，吓得满山坡乱跑乱窜，有几个伪军忙着往一个小渠里藏，谁知脚底下的两块石头突然炸了，接着这里"轰"的一声，那里"隆"的一响，石块石片向四面八方迸裂，黑烟火光直冲天空，夹杂着敌伪军的嚎哭声、惨叫声，混乱成了一片。

原来，这是雷石柱他们想下的诱敌人的计策。这一仗，鬼子死伤五六个，伪军死伤了十来个，没有死的也吓昏了，顾不得还枪，拉着死尸，背着伤兵，在碉堡上机枪的掩护下，慌慌急急地逃回去了。

碉堡里药品没多少，只有受伤的日本人能上药、包扎。受伤的伪军们日夜疼得大哭大嚎，祖宗三代地咒骂。

又隔了一天，水峪镇的敌人出动四五十人，带着六七个牲口的驮队，顺着公路边的庄稼地，冲破雷石柱他们的阻挡，来增援汉家山的敌人。不一会儿，在强大火力的掩护下，敌人拼死抢回了二三十担水。

赵得胜气恼地说："这还围困什么？敌人要隔四五天这样大抢一回，咱们一点儿办法也没有！"老武见大家情绪不好，忙安慰说："办法是人想出来的，咱们慢慢思谋。"

正说中间，望春崖村里几个老汉给送来饭了。民兵们一面吃饭，一面谈论这事。几个老汉听了一阵，其中一个叫张源的老汉说："我看把河闹得改了道，就好办了。"几个民兵笑他净说笑话。那老汉却认真地说："你们晓得啥？民国十六年，村里就计划过，顺咱村山根挖一条渠，再在当河打一条坝，把水逼到渠里，咱村那二百多垧坪地就都能浇上水。"另几个老汉也说："那时渠已经挖了一多半啦，只因非经过德厚堂的坟地不可，人家后来不让，就没闹成。"民兵们听了，都很兴奋。赵得胜也高兴地说："就从德厚堂地里挖，为了打日本，只好让他家受点委屈吧！"老武又问："你们估计连打坝要用多少工？"几个老汉算了半天说："至少要三百个工。"民兵们都很有信心，说："修！五百个工也要修！"老武想了想，就叫人去通知各村干部开会。

炸碉堡伪军逃跑
成功解放汉家山

敌人的西面小碉堡被地道里的炸药炸飞了，河流改道也使敌人没有水喝。被俘虏的伪军刘得功劝说碉堡里的伪军们，使他们动摇了。后来，一部分伪军逃了出来，民兵们立即追击撤退的汉家山敌人。战斗打响了！

到了六月底，连通西边小碉堡的地道已经挖好，望春崖的水坝也筑起了，重要的时刻马上就要来到。这天，马区长带着那个俘虏的伪军刘得功来了。马区长到现场走了一遭，听完最后的汇报，接着又问道："准备怎样点火？"孙老汉说："人没办法点。我们想了个办法：把药线都结在一起，绑上个火香，香周围绑上洋火，香着到洋火跟前，自己就燃着了。"

太阳落山以后，马区长回到了康家寨工事里。老武等点火的人走了以后，就带着雷石柱他们和俘虏刘得功爬上了大碉堡东北面的山头。月亮斜挂在天空，四周静寂无声，老武拍了一下刘得功的肩膀说："喊吧！"刘得功便嘴对着喇叭筒，向碉堡大声叫道："警备队弟兄们，我是刘得功，那天担水被八路军俘虏了，八路军优待……"刚讲到这里，碉堡里开了枪，把话打断了。过了一阵，枪声停了，刘得功接着又喊。碉堡上又是一阵枪声。就这样喊闹了一阵，突然见西南面冒起一大片火光，紧接着就是"轰隆隆隆"一声惊天震地的巨响！火光中，半个碉堡飞上了天空，又跌在地上，山崩崖塌般的回音在山沟里四处回荡。这时，四面山头上，响起了欢呼声、鼓掌声……

东面大碉堡里的敌人顿时乱成了一锅粥，杂乱的脚步声、惊叫声和日本兵的咒骂声响成一片。松本小队长和独眼窝翻译官也吓慌了，不知八路军用了什么武器，一方面连忙给水峪镇"红部"打电报，求救兵，一方面准备撤退。这一夜，四面山头上不停地打枪，敌人被折腾了一黑夜。

天明以后，小碉堡上没炸死的一个日军爬过来，才知道碉堡是被炸倒的。水峪镇的电报也回来了，说现在抽不来兵，让再坚持三四天，但这时碉堡里已经断粮断水了。日本小队长只好又派了几个日军押着伪军去抢水，刚走到崖边上，看见小河里干了。正在诧异时，忽然迎面"叭叭"射来两枪，前边的一个日本兵连人带枪滚到了沟里，后面的日伪军吓得转身跑回碉堡。

挨到半下午，杨德想出个主意，松本小队长一听，便下命令杀了两匹洋马，把以前洗澡池里的脏水澄了澄，煮着吃马肉，这才算把一天度过去。第二天，仍旧是脏水煮马肉。结果，日伪军肚子都吃坏了，有的上吐，有的下泻，碉堡里是一片"圪哇圪哇"声。

伪军们看看这日子再无法熬下去了，便思谋办法逃跑。可是碉堡外面壕沟上的吊桥白天黑夜都不放了，伪军们干着急没办法。伪军小队长王元禄，这天靠着当院栽的一根电线杆晒太阳，想心事，忽然眼睛一亮，他低声对弟兄们说道："把院里这两根电线杆搭上，不就行了？"众人一听就说："怕日本人不让拔！"王元禄说："去两个人和松本讲，就说没柴做饭了，电线杆的大大能烧，保险他叫拔！"商量已定，马上便派了两个做

饭的伪军去讲，果然鬼子上当了。

夜深了，王元禄领着伪军们悄悄把碉堡门拉开，又把电线杆扛出去搭到外壕上。伪军们一个个背着枪弹，悄悄地到了壕边，一手扶枪，一手攀电杆，链子似的一个跟着一个往过爬。约莫过去了有二十多个人，突然电线杆一滚，两个伪军便翻身掉下壕里，枪碰到石头上，"圪喳"响了一声。

睡在碉堡上层的日军听到响声，急忙开枪射击，没逃出来的十多个伪军只好退到碉堡墙根下躲避。日本人打了一阵，听见外面没动静。住在下层的伪军，也不开枪。松本小队长打着手电，连吼带骂跑下来，却不见半个人影，于是急忙集合日军追出去，看见十几个伪军靠墙根站着，立时大怒，抽出马刀，一连砍了两个，把其余的赶回碉堡，拷打审问。

炸了碉堡的第五天清早，老武接到区上转来的情报，说是水峪镇的敌人正在集结兵力，很可能是掩护汉家山敌人撤退。老武正准备叫人去通知雷石柱，只见李有红喘着粗气跑进了康家寨的民兵工事，见了老武喘了一口气说："水峪镇敌人出来了，远远看去，足有一百多人，战斗队已经准备打了。"工事里的民兵们都兴奋，有的把枪都握在手里了。老武说："不要慌！有红你快去通知望春崖的民兵，让他们拦截碉堡里的敌人。"又回头对工事里的民兵说："把所有的子弹、手榴弹都带上！"工事里忙乱了一阵，老武握着手枪，亲自领着大家，飞快绕到汉家山南梁上，配合骆驼岭上的战斗队。

老武们走了不远，听见前边枪声一阵紧似一阵，估计是战斗队和敌人开火了，便加快脚步往前赶。枪声越来越紧，子弹从他们头上飞过，远远看见对面骆驼岭上一片尘土。

水峪镇增援来的敌人在骆驼岭中了民兵的埋伏，被打得分成了两三

股，东跑西窜。有一股敌人被战斗队追着，也从南梁上翻过来，正好同老武们这一队民兵碰了头。老武他们正走到山梁上，忽见前面飞扬的尘土里跑下来一群敌人。老武忙喊道："敌人！卧倒！开火！"十几个民兵四下散开，从身上掏出手榴弹来，一股气地往前面投，"轰轰"的爆炸声，飞扬的尘土、烟雾，一霎时把整个南山梁笼罩得什么也看不清了。

打了一阵，民兵们把手榴弹都打完了。敌人见他们只有十几个人，呐喊着硬冲上来。老武一看形势不妙，急忙招呼大家退，敌人紧追过来……

汉家山碉堡的敌人，一早接到水峪镇的电报，就准备好东西逃跑。听见枪声，知道是援兵到了，把早已收拾好的东西拿上，从碉堡里出来。刚过吊桥，轰的一声雷响，把给敌人背无线电机的伪军中队长杨德，一下炸得骨肉飞散。敌人怕了，忙绕道东南往下走。走了不远，背后望春崖的民兵追来了，一阵急打，敌人死伤了几名，赶快又绕到了南面山坡上。

这时候，正好是老武领着那十几个民兵往下退，忽然又发现左面有了敌人，老武一见自己处的形势十分危险，两面的敌人，相距都不过三四十丈远，再退也不能退了，于是便下了决心，喊道："同志们坚决消灭这两股敌人！"正在这时，后面的这一股敌人突然绕过老武他们，慌慌忙忙顺沟窜下去了。紧跟着，看见山梁上冲下一伙人来，不住地呐喊："同志们！冲呀！"老武一看，原来是雷石柱带着民兵战斗队追上来了，说不出的高兴，马上把自己带的十几个民兵和他们汇合到一块儿，继续追击从汉家山撤退的这股敌人。

从水峪镇来的这股敌人，看着碉堡里的敌人退出来了，也忙下了沟里，汇合在一起，向水峪镇逃跑。老武和雷石柱领着民兵在后面集中火力追击。敌人只顾拼命地跑，也顾不得还击了。杜玉贵看见一个扛着掷弹筒的老鬼子被打倒了，就冲上去扛起他丢下的掷弹筒，正要往回返，突然前面的敌人开了枪，杜玉贵腿上中了一颗子弹，倒在地上。民兵们一见，跳上去几个人，把杜玉贵扶下来。

两股敌人汇合了，北山梁望春崖的民兵们也汇合了。民兵们两面夹攻，沟里的敌人边打边退，有些伪军趁机投降了，其余的敌人顺着山坡石路，跌跌撞撞窜到公路上，和另一股打散的敌人汇合一处，向民兵们占的山头上打了一排炮，才整起队伍往水峪镇退。刚走了不远，突然又踩上了崔兴智他们埋的地雷，当场炸死十几个。敌人着了慌，很快离开了公路，从庄稼地里窜回水峪镇去了。

汉家山敌人被挤走的消息，很快就传到了康家寨。村公所通讯员立刻敲着锣，沿街高喊："汉家山敌人被挤走啦！汉家山敌人被挤走啦！"整个村子一下就轰动了！全村男男女女都跑到街上来了，满街奔跑着，大声叫喊着，每个人都是喜眉笑眼的，说不出的喜欢。尤其是汉家山搬来的那些人家，更是喜欢得按捺不住。一些年轻人扛着锹、镢，急急忙忙先跑回

去拆碉堡去了。

　　住在周毛旦院里的那个老汉，哈哈大笑着说："听了咱抗日政府的话，再好也不能了!"赶紧吩咐老婆收拾东西往回搬。周毛旦两口子因为住惯了，不想让他们走。那老汉说："这些日子把你们也打搅够啦!"周毛旦老婆说："说哪里的话! 以后你们常来串门吧，咱们这就和亲戚一样了!"说着就帮他家拾掇东西。

　　第二天，汉家山搬出去的人家，背着、驮着东西，都陆续搬回来了。又过了几天，汉家山的人们差不多都回来了，有几家买卖也开了门。民兵们都集中到这里来警戒水峪镇的敌人。

　　旧历七月七日汉家山关帝庙古庙会这天，汉家山召开了庆祝大会。会上，正式成立了地方武装——县游击队。雷石柱第一个报名参军，各村民兵们纷纷响应政府号召参军入伍。会场里的各村群众欢天喜地拥簇着他们举行了盛大的游行活动。

　　微词典　①拾掇：整理；归拢。